인생이라는 방,

너라는 룸메이트

인생이라는 방, 너라는 룸메이트

발 행 | 2022년 12월 29일
저 자 | 김현비
펴낸이 | 한건희
펴낸곳 | 주식회사 부크크
출판사등록 | 2014.07.15(제2014-16호)
주 소 | 서울특별시 금천구 가산디지털1로 119 SK트윈타워 A동 305호
전 화 | 1670-8316
이메일 | info@bookk.co.kr

ISBN | 979-11-410-0909-0

www.bookk.co.kr
ⓒ 김현비 2022

너라는 룸메이트

인생이라는 방

김현비 지음

CONTENT

하루하루가 힘든 분들께 이 책을 바칩니다.

이 책을 매일이 힘든 분께 바치려고 합니다.
저에게는 그 분들에게 바치려는 중요한
이유가 있습니다. 먼저, 첫 번째는 그 분들이 다른
사람들의 감정을 공감할 수 있길 원하기 때문입니
다. 그리고 자신의 힘듦을 조금은 덜어 놓고
자신을 제외한 다른 사람들의 힘듦도
이해하였으면 하기 때문입니다.
두 번째는 행복한 사람과 매일 힘든 사람의
비율은 거의 비슷하다는 것이 사실이기
때문입니다.행복한 사람만큼 위로 받아야 할 사람도
많습니다.그래도 이 모든 이유들이 부족하다면 행복
한 사람들에게도 이 책을 바치겠습니다. 그분들도
모두 한때는 힘듦을 겪었을 테니까요.
그래서 바치는 글을 이렇게 고쳐 씁니다.

'모든 이들에게 이 책을 바칩니다.

제 1화 느티나무 아래에서

띠리링 -

오늘따라 신경질 나는 알람 소리, 아 왜 그런지 알겠
다. 오늘 기말고사구나.

나의 30일, 내 720시간을 투자하면서 노력한 것들이
그저 종이 몇 장으로 평가되는 게 맞는 걸까. 가까스
로 몸을 일으킨 나는 심란한 마음을 뒤로한 채 방문
밖으로 나섰다.

"딸, 오늘 시험이지?"

아침을 준비하는 엄마가 그릇을 내려놓으며 말했다.

웬일로 아침밥, 평소엔 차려 주지도 않으면서

엄마가 내려놓은 밥그릇 안에는 미역국이 가득 담겨

있었다.

'미역국..?'

딸 시험인지는 알면서 시험 날 미역국 먹으면 안 된

다는 것도 모르는 거야?

나는 짜증 나는 마음을 억누른 채 입을 꾹 다물었다.

말을 꺼내면 화를 낼 것만 같아서, 짜증 나는 시험

날 엄마와 싸우고 울기는 더더욱 싫어서.

"빨리 먹고 학교 가, 아침을 든든하게 먹어야 머리가

잘 돌아가지."

눈치가 없는 걸까, 진짜 모르는 걸까. 아니 그것보다

오늘 왜 아침을 차려준 걸까.

"엄마"

나는 올라오려는 화를 짓누르며 말을 꺼냈다.

아침 왜 차려줬어."

내가 말을 꺼낸 순간 엄마의 밝았던 표정이 순식간에

일그러졌다. 마치 맑은 하늘에 먹구름이 내려앉은 듯.

"시험이잖아. 먹어"

"지금 표정 안 좋아져야 하는 건 나 아니야? 누가 시험날 미역국을 먹어요. 지금 시험 망치라고 저주하는 거야 뭐야."

나는 이 말을 끝으로 집 밖을 나섰다. 엄마 얼굴을 더 봤다가는 그땐 정말 되돌릴 수 없을 말들을 할 것 같아서. 엄마의 얘기도 듣지 않고 무작정 집 밖을 나갔다. 집을 나오자 짜증이라는 그 감정에 슬픔이라는 감정이 더해져 나를 짓누르던 감정들과 함께 눈물 하나가 뚝 떨어졌다.

투둑 -

툭 -

하늘도 무섭지. 내 눈물과 함께 하늘엔 먹구름이 몰려 들어와 비가 쏟아졌다.

"망할"

"유엔.. 미국.. 경제 위기.. 국제 연합이.."

짜증 나더라도 시험은 잘 봐야 한다는 압박감. 학생이라면 당연히 가질 수밖에 없는 부담감. 압박감과

부담감 같은 무거운 바위들이 내 어깨를 짓눌렀다. 비를 맞으며 길을 걷다 보니 옷에서 빗물들이 툭툭 떨어지고 얼굴에는 지금 쏟아지고 있는 빗물인지 눈물인지도 모를 투명한 액체들이 흘렀다. 그때야 알았다.

'나 지금 울고 있구나'

내가 울고 있다는 걸 확실히 알아챘을 때 내 머리 위로 빨간 우산 하나가 올라왔다. 난 분명하게 알 수 있었다. 빨간 우산과 주름진 손,

'아, 빨간 지붕 아저씨구나.'

아저씨와 알고 지낸 지는 8년, 힘이 돼주지도 않고 엄마라는 이유만으로 내 옆에 있는 사람과는 달리 유일하게 내가 의지할 수 있고 그댈 수 있는 유일한 사람. 푸근한 인상에 항상 자전거를 끌고 다니시며 주름진 손에는 항상 날 위해 빨간색의 무언가를 들고 계셨다. 오늘은 우산이구나.

"오늘도 아저씨네요."

"오늘도 엄마가 네 심기를 건드셨구나. 얼굴 보니까 또 못난이 됐네. 비 쏟아지는데 여학생이 왜 비를 맞

고 있어."

"오늘도 나 알아주는 건 아저씨네요. 오늘도 우산은 빨간색이고요, 또 오늘은 제 18년 인생 최악의 날로 손꼽히네요."

오늘도 내 마음을 알아주는 건 아저씨였다. 그런 아저씨가 오늘 아침 미역국을 끓인 엄마보다 더더욱 좋았다.

"오늘 기말고사지? 울지 말고 잘 보고, 아는 것만 풀어. 시험 잘 보면 이 빨간 우산 주마."

아저씨는 역시 빨간색을 좋아하신다. 빨간색을 얼마나 좋아하면 검정 지붕 집밖에 없는 우리 동네에서 유일한 빨간 지붕일까. "필요 없어요. 아저씨, 빨간색 좀 그만 줘요, 이러다 나도 빨간색만 좋아하겠어요."

"빨간색이 얼마나 이쁜 색이냐, 자신을 드러내는 듯 튀는 색으로 사람들 이목을 끄는데. 사람들이 많이 쳐다보는 것들이 쉽게 잊히지 않는 법이야."

"맞네요. 그래서 나도 8년 전에 아저씨 안 잊어버리고 빨간 지붕 찾아갔나 보다. 처음 봤을 때는 무슨 이상한 사람인 줄 알았어요"

"또 헛소리, 아유 시끄러워 학교나 가."

나는 아저씨를 뒤로하고 학교로 향했다.

•

아저씨 덕분에 진정된 마음으로 그리고 적당한 긴장
감을 가지고 학교에 들어서니 학생들이 로봇인 듯 책
상에 앉아있었다.

학생들이 자유를 구속당하고 로봇처럼 생기 없고 감
정 없는 표정으로 책을 넘기고 다급하게 시간을 확인
하며 초조해하는 그 모습들이 시험이라는 존재에 통
제 당하는 실험 양인 듯 보였다.

"OMR 바꾸려면 조용히 손들고, 서술형 답안지랑
OMR 받으면 이름 쓰고 학년, 반, 번호 마킹부터 해.
앞사람들 답안지 넘겨."

선생님이라는 실험 연구원의 조종으로 시험이라는 실
험은 시작. 숨소리만 들리는 답답하고 무거운 공기는
참을 수 없었고 그런 적막함이 나에게 밖으로 뛰쳐나

가라 속삭였다. OMR에 적힌 숫자들, 시험지에 적힌 5개의 숫자들과 시험 후 주어지는 점수들, 그것들이 내 인생을 좌우하며 누군가에게는 꽃길로 누군가에게는 지옥의 길로 걷게 하는 그 시험지라는 종이에 내가 왜 숫자를 쓰고 있을까. 내가 왜 그 결과에 울고 웃어야 할까. 인생은 왜 5개의 선택지로 결정되는 걸까. 순간 이러한 생각들이 문제를 풀어야 할 내 머릿속을 가득 채웠다.

아직 열여덟인데 공부는 안 하고 이런 생각을 하는 내가 참 웃기고 누가 보면 날 이상하게 생각할 것 같기도 했다. 그리고 지금 이런 생각만 하는 나, 바로 알 수 있었다.

'시험 망쳤네'

"미역국 때문이야."

시험이 끝나고 먹지도 않은 미역국으로 핑계를 대는 내 모습은 내가 봐도 한심하고 초라해 보였다. 시험이 끝난 교실에는 우는 학생과 웃는 학생들로 희비가

갈린 아수라장이었다. 적어도 1년 동안은 선생님의 차별로부터, 그리고 앞으로의 1년으로부터의 꽃 길을 걸을 학생과 지옥 길을 걸을 학생이 정해진 것이다.

그중 나는 어디에 속할까. 사실 어디에도 속하고 싶지 않다. 어디에 속하든 꽃 길은 부담감으로 지옥 길은 벗어나고 싶은 허둥댐으로 고생할 거니까.

"지안! 시험 잘 봤냐?"

나의 유일한 친구 안수인, 얘는 공부를 잘 하니 시험을 잘 봤을 것이고 앞으로 1년 동안은 꽃길을 걷게 될 것이다.

"넌 꽃 길이구나"

"뭔 소리야 시험은 잘 봤냐니까"

"꽃 길이든 지옥 길이든 다 똑같긴 한데"

수인의 표정이 일그러졌다. 하긴, 내가 이해할 수 없는 말들을 해대는데 웃을 리가 있나.

"너 진짜 이상해, 내가 너랑 어떻게 친구가 된 걸까 진짜, 공부 좀 해 정지안! 내가 널 10년 동안 봐 온 짬으로는 너 분명 공부 잘 해, 어머니가 또 너한테 무슨 감정을 심으셨는지 모르겠는데 너 그렇게 멍하게 있다가는 진짜 큰일 난다. 헛소리 그만하고 내가 걷는 꽃길 너도 좀 걷자!"

수인의 말은 내 귀에 하나도 들어오지 않았다. 단지 아침에 미역국을 차린 엄마의 모습을 생각하면 화가 치밀 뿐이다.

"나중에 얘기하자"

"기껏 얘기했더니... 난 놀러 간다."

난 수인의 마지막 말까지 무시해버렸다. 수인이가 계속해서 이야기를 해도 귀에 들어오지 않을 것이 뻔했고 계속 수인이와 있다가는 결코 좋은 태도를 보일 수 없을 것 같아서.

엄마에게 화가 너무 많이 났기에 괜한 화풀이를 할 것 같아서. 그래도 시험날은 학교가 일찍 끝나 좋았다. 내 삶의 유일한 낙인 가온 공원 느티나무를 조금이라도 일찍 볼 수 있기에, 뜬금없이 무슨 느티나무냐고? 나를 위로해주고 버팀목이 되어주는 그 유일한 느티나무가 그저 나에게는 너무도 소중한 존재여서, 가족도 친구도 아닌 그 크나큰 느티나무가 내 인생의 낙이라는 게 웃기기도 하지만 말이다.

•

"진짜 엄마가 뭘 알아. 내가 시험을 얼마나 열심히 준비했는지 모르잖아, 근데 왜 그딴 숫자 적힌 종이 몇 장으로 날 평가하고 그래!!"

중간고사가 끝난 날 엄마와 대판 싸웠다. 아니, 일방적으로 내가 화를 냈다. 종이 몇 장에 적힌 그 낮은 숫자들을 보고 공부를 왜 이렇게 안 하냐고 걱정하는 듯한 엄마의 말투 속에 박힌 조그마한 가시들이 내 마음을 찔러댔고, 나의 내면에서 끓고 있던 화산이 터져버린 것이다. 솔직히 고등학생 성적에서 평균 89가 언제부터 낮은 숫자였는지는 모르겠지만.

그날도 나는 가온 공원 느티나무를 찾아갔다.

아무도 찾지 않아 외롭게 서 있어 마치 나와 닮았다고 느낀 그 느티나무. 그게 내가 좋아하는 이유이다. 아무도 찾아오지 않아서. 느티나무가 나만 봐주는 느낌이어서. 엄마와 싸운 뒤 보는 느티나무는 마치 사람인 듯 나를 안쓰럽게 봐주는 것 같았다.

"이렇게까지 고생하면서 살아야 하는 인생인가."
한숨을 푹 쉬며 하늘을 올려다보았을 때 벌써 하늘은
붉어져 있었다. 시계를 보니 오후 네 시, 해가 짧아져
서인지 해도 일찍 저물어 갔다.

하 -

어디선가 또 다른 한숨 소리가 들린다. 분명 느티나
무를 아는 사람이 없을 텐데. 누군가 내 공간을 알게
됐다는 불안감에 쿵쾅대는 심장을 잡고 한숨 소리가
나는 방향을 쳐다보았다.
처음 보는 얼굴이다. 키가 큰 남학생. 내 또래인 듯
보였다.
학교에서도, 이 좁디좁은 동네에서도 처음 보는 얼굴.
낯설었지만 내 공간을 침입했다는 생각에 눈살이 찌
푸려지기도 했다.

"너 누구야?"

호기심을 참지 못한 나는 말을 꺼냈다.

걘 얼마나 당황했을까. 단지 공원에 온 거고 느티나무를 보며 한숨을 쉬었을 뿐인데 누구냐고 물어보는 이상한 여학생, 당황할 만도 하다.

"넌 누구야?"

대답하지 않고 오히려 되묻는 그 남학생의 말에 나도 그만 당황을 해버렸다.

"이 느티나무 나만 아는 줄 알았는데…. 너 여기 처음 와?" 뭐지, 내가 묻고 싶은 말을 걔한테 뺏겨버린 기분이었다.

"나도야."

"뭐가?"

"나도, 이 느티나무 나만 알고 있는 줄 알았다고. 나거의 맨날 여기 왔는데 너 처음 봐. 이 동네 살아?"

"응, 빨간 지붕 아저씨 알지? 그 아저씨 아들이야."

빨간 지붕이면 내가 아는 그 아저씨 아들이라는 건데? 하지만 난 아저씨한테 아들이 있다는 소리를 8년내내 단 한 번도 듣지 못했다.

"아저씨 알고 지낸 지 5년이야"

"오래됐네."

눈치가 없었다.

"아저씨한테 아들 있다는 소리 못 들었단 소리야. 그
래서 네가 의심돼."

"의심할 만도 해. 나 여기 안 살았었거든. 육상 선수
로 서울에 갔다가 돌아온 거야. 여기도 8년 만이네."

그 남자애가 아저씨의 아들이라는 게 확신에 차자 나
는 아저씨에게 서운한 마음이 들었다.

"넌 이름이 뭐야?"

"정지안"

"이름 예쁘네."

예쁘다는 말이 이렇게 마음을 이상하게 만드는 말이
었나. 남자애의 말을 듣자 얼굴이 붉어지는 것을 느
꼈다. 애써 아무렇지 않은 척 시선을 돌렸지만, 그 남
자애는 내 심정을 알아챘는 지 피식 웃었다.

"넌... 이름이 뭔데"

"강승우"

이름을 물어보긴 했지만 이름을 듣고 나니 해야 할
반응이 사라진 느낌이다. 마땅히 대꾸할 말이 생각나

지 않아 어색해 미쳐버릴 것 같았다.

"반응 못 하겠어서 쩔쩔매는 거 다 보인다. 애써 대
꾸 안 해도 돼."

내가 쩔쩔매는 걸 걔한테 들켰나 보다. 편하게 대해
준 게 고맙기보다 어색한 마음을 들킨 게 쪽팔렸던
것도 사실이다.

"난 그만 가볼게, 날 어둑해지는데 너도 이제 들어가.
정지안"

강승우는 그 말을 끝으로 가버렸다.

·

오늘따라 기분 좋게 눈을 떴다. 아마 주말의 영향이
클 것이다.

"강승우.."

어제 강승우를 본 뒤로 강승우라는 이름이 잊히지 않

앗다. 혹여나 강승우를 다시 마주칠 수 있을까, 나는 일어나자마자 바로 가온 공원 느티나무로 달려갔다. 달리는 동안 숨이 턱 끝까지 차오르고 금방이라도 쓰러질 것 같았지만 혹여나 느티나무에 있을 강승우를 놓칠까 멈출 수 없었다.

"못난아!! 어딜 그렇게 가냐!"

빨간 지붕 아저씨, 아저씨의 목소리를 듣자 달리던 다리를 멈출 수밖에 없었다. 아저씨의 목소리를 들으니 어제 느꼈던 서운함이 몰려들었다. 나는 망설임 없이 터벅터벅 아저씨에게 걸어갔다. 조금은 화나 있는 얼굴로.

"아저씨 아들 있었어요?"

"무슨 헛소리를 하냐 또"

모르는 척하시는 걸까, 아니면 정승우가 거짓말을 한 걸까.

"강승우, 서울에서 육상 선수 하다 왔다는데요."

"알아버렸구나. 숨기려던 건 아니었는데"

"아저씨 그렇다고 나한테까지 숨겨요? 우리 알고 지낸 세월이 있는데"

"미안하다. 숨기려고 숨긴 건 아니었어."

"알겠어요. 이런 이유로 아저씨랑 멀어지고 싶진 않아요. 강승우랑 지금 같이 살고있는 거예요?"

"같이 살고 있지. 아들인데, 어쩐지 어떤 여자애 얘기를 막 지껄이더니.. 난 살면서 우리 아들이 여자 이야기를 그렇게 웃으면서 하는 거 처음 봤다."

"걔가요? 여자 많았을 거 같은데….."

"지안이 눈에 승우가 잘생겨 보이는구나."

"그런 뜻 아니거든요…!! 정승우 집에 없어요?"

"아침 일찍 나갔는데 또 느티나무를 갔ㄴ.."

나는 아저씨의 말이 끝나기도 전에 느티나무를 향해 또다시 달려가기 시작했다.

느티나무에 도착하자 저기 멀리 사람의 실루엣이 보였다. 강승우가 확실했다.

"야! 강승우!!"

강승우라는 게 확실해지자 나는 지체없이 강승우의 이름을 불렀다. 그때의 나의 심정이 어땠었는지 나도 기억이 나지 않았다. 반가움이었을까. 행복함이었을까

"나 여기 있다는 거 어떻게 알았어?"

"아저씨가. 너 내 얘기 많이 했더라?"

"그건 또 어떻게 알았어..."

"아저씨가"

"아 진짜 아빠.."

당황해하는 강승우의 붉은 얼굴은 웃음을 참을 수 없
이 웃겼다.

"풉,"

"뭐야 왜 웃어"

"그냥 너 당황한 거 같은데 그 모습이 좀 웃겨서"

강승우는 많이 당황했는지 말을 돌렸다.

"너는 어떤 꽃을 가장 좋아해?"

"갑자기 밑도 끝도 없이 그게 무슨 말이야."

"대답해봐 무슨 꽃을 제일 좋아해?"

"백일홍"

"백일홍? 왜?"

"꽃말이 예쁘니까. 행복, 인연˙나한테 이런 단어가 오기 쉽지 않거든, 꽃말으로라도 나랑 그런 단어가 어울렸으면 좋겠어서."

난 대답을 한 후에 나도 걔한테 물어봐야 할 것 같았다. 걔가 좋아하는 꽃에 대해서.

"넌 무슨 꽃 좋아해?"

"물망초"

"물망초는 꽃말이 슬퍼. 날 잊지 마세요, 되도록 예쁜 꽃말을 가진 꽃을 선호하지 않아?"

"물망초는 예쁘잖아. 난 꽃말 하나로 그 꽃을 좋지 않은 꽃이라고 판단하고 멀리하는 건 별로야."

나는 강승우의 이야기를 듣자마자 꽃말만 보고 꽃을 생각해왔던 나를 다시 돌아보았다. 꽃말만 보고 꽃을 좋아했던 것처럼 혹여나 사람에게도 그랬을까 봐, 사람의 외면만 보고 사람을 판단했을까 봐.

"느티나무는 너에게 어떤 존재야?"

강승우는 나에게 궁금한 게 왜 이렇게 많은 걸까?

"넌 나한테 궁금한 게 참 많다."

"너에 대해 알고 싶어. 네가 궁금해"

"뭐야 갑자기…. 그냥…. 느티나무는 내 가족이자. 친
구이자. 그냥 편안한 존재 아무도 봐주지 않는 나를
유일하게 봐주는 나무. 물론 너희 아버지, 빨간 지붕
아저씨는 예외"

"나는?"

"뭐…?"

"네 가족, 친구이자 편안한 존재, 너를 유일하게 봐주
는 존재 내가 하고 싶어"

"... 진심이야?"

"내가 거짓말은 안 해봐서"

갑작스러운 강승우의 말에 조금은 당황했지만, 나의
편이 돼주는 존재가 생겼다는 사실은 너무나도 기뻤
다.

"그럼.. 하던가.."

너무나도 기뻤지만 기쁜 걸 티 내면 날 너무 단순하
게 생각해서 금방 날 떠나버릴까 봐. 겁이 나서, 이렇
게 보면 나도 겁이 많은 편이구나

"내가 할게, 그.. 백일홍..? 내가 행복, 인연 그거 할게"

"그게 뭐야. 근데 넌 느티나무가 어떤 존재길래 여기 오는 거야?"

"너랑 비슷해. 나에게 위로가 돼주고 달리기가 하기 싫을 때 날 다시 뛰게 해줬던 그런 존재"

"그럼 달리기하러 언젠가 다시 서울 가야 해?"

"응. 한 달 뒤에"

"짧다"

"짧지. 이제야 널 만났는데"

"그러면서 무슨 백일홍이니 뭐니.."

"걱정하지 마, 원래 육상할 때 휴가여도 여기 잘 안 왔는데 올 이유가 생겨서 주말마다 계속 올 거니까"

"이유가 뭔데?"

"너"

왜 자꾸 강승우는 날 깜짝깜짝 놀라게 하는 말만 하

는 걸까, 일부러 날 놀리는 건지 약을 올리는 건지..

"참나... 오던가 그럼..! 난 간다"

"잠깐 지안아, 전화번호 주고 가"

"내 전화번호? 왜?"

"그냥.. 친구 된 기념"

그렇게 우리는 전화번호를 주고받은 뒤 헤어졌고 나
에겐 나만의 백일홍이 생겼다."

·

"지안! 뭘 그렇게 보면서 웃고 있어?"

"나 웃고 있었어? 아냐 나 안 웃었어"

내가 웃고 있었다는 수인의 말을 믿을 수 없었다. 최
근에 내가 웃었던 기억이 없는데 웃고 있었다니.

"아냐 웃었어. 그래서 뭘 보고 웃고 있었는데 그래~?
응..? 백일홍? 그게 누구야"

"있어. 그냥 친구"

"와.. 정지안이 친구라니 다 컸네 다 컸어.."

나는 학교가 끝난 후 난 곧장 느티나무로 달려갔다.
백일홍을 보기 위해, 아니 승우를 보기 위해
언제나 그랬듯이 승우는 느티나무 아래에 있었고, 나를 보자마자 미소를 지으며 손을 흔들었다.
"학교 끝나고 오는 거야?"
"응, 너는? 학교 안 갔어?
"난 운동해서 학교 잘 안 가"
"부럽다"
"마냥 그렇지는 않을 거야."
"그래도 난 학교 싫어. 학교는 학생들이 로봇이 되고 선생들이 연구원들이 돼서 우릴 조종하고 실험하는 공간 같아. 학교에 있는 시간들이 힘들고 나가고 싶어. 지겹고"
"... 많이 힘들어?"
승우는 내 이야기를 듣고 마음이 착잡해졌는지 표정이 안 좋아졌다.

"넌 이 느티나무 보고 무슨 생각이 들어?"

뜬금없는 승우의 질문이 조금은 당황스러웠지만, 승우는 뜬금없는 질문을 종종 해왔으니까.

"그냥.. 편안하다..?"

"난 느티나무가 이 자리에 있는 게 지겨울 것 같아."

"왜?"

"지금 이 느티나무 크기를 보면 몇백 년은 계속 이 자리에서 자라왔을 텐데, 그동안 똑같은 풍경을 보고 세상이 바뀌는 것만 바라보고 있었을 거 아냐. 세상이 바뀌는 것만 계속 쳐다보면 지겨워서 힘들 것 같아"

"네 이야기 들으니까 느티나무가 조금 안쓰러워 보여"

"음...난 네가 느티나무 같다고 생각했는데."

"나?"

"응 너, 항상 똑같이 우울한 얼굴이고 웃지 않고.. 똑같은 시선으로만 세상을 보는 것 같아서.. 내가 네 시선을 바꿀 수 있다면 느티나무와는 다른 그냥 진실되고 진정한 너를 보고 싶어"

승우가 하는 말들은 다 옳다. 그래서 내가 할 말이 없다. 어쩌면 내가 승우와 계속 대화를 하면서 다른 나를 찾을 것 같다.

"그럼 나랑 계속 느티나무 아래서 만나줄 거야? 내가 느티나무와는 다른 진정한 나를 찾을 수 있도록 네가 버팀목이 돼줄래?"

"그러려고 했어 난 맨날 느티나무 와. 그니까 아무 때나 와도 돼."

•

그 뒤로 난 꾸준히 승우를 만나러 갔고 승우는 그런 나를 바꿔주었다. 조금이라도 나의 삶이 행복할 수 있도록, 정말 나의 백일홍이 되어준 것이다. 하지만 세상은 나의 행복을 바라지 않았던 걸까. 이제야 내 삶이 편해지려 할 때 세상을 나를 외면하고 뒤돌아 버렸다.

"나 왔어. 승우야"

"왔구나, 나 오늘은 할 말이 좀 있는데... 들어줄 수 있어?"

승우의 떨리는 목소리가 날 불안하게 했고 혹여나 승우가 날 떠나버릴까 봐 겁이 났다. 하지만 내가 불안해하면 승우가 말을 하지 않을까 봐 애써 괜찮은 척했다.

"그동안 네가 내 얘기 들어줬는데 못 들어줄 건 뭐야, 뭐든 말해봐 오늘은 내가 들어줄게. "

"아... 그.. 나 이제 서울 가야 해. 그동안 너랑 정 많이 들었는데 이제 주말에만 볼 수 있어. 시간 지나면 몇 달에 한 번 볼 거고…."

애써 당차게 말을 했지만, 승우의 말을 듣자 내 눈앞이 흐려졌다. 눈물이 고였고 한 방울 한 방울 눈물이 떨어졌다. 승우를 만나기 전에는 일 년 같이 흘렀던 그 한 달이 너무나도 빠르게 지나가 버렸다는 게 세상을 원망하고 싶을 지경이었다.

"언제 가는데..?"

"당장 내일, 새벽 기차 타고 가"

"그걸 왜 지금이야 말하는 거야..."

"네가 이럴까 봐. 그렇게 눈물 흘리면서 울까 봐"

이제야 말하는 승우가 밉게도 느껴졌다. 하지만 당장 내일부터 보지 못할 승우에게 미운 말을 내뱉으며 헤어지기 싫었다.

"고마워. 내 삶 바꿔줘서, 주말에 꼭 연락 해야 해 나 기다릴 거야"

"고마워. 나 안 붙잡아 줘서, 이해해줘서"

"애초에 한 달이라고 말했잖아. 내가 내 인생을 위해서 네 인생을 가로막는 건 내가 너무 이기적인 거니까 그동안은 네가 내 인생을 달라지게 해주기도 했고, 나도 네 인생 도와주고 싶어. 내 최소한의 배려야"

"우리 아빠는 네가 잘 챙겨줘, 요즘엔 끼니도 거르셔서 걱정돼.. 다행히 네가 있어서 부탁할 사람이 있다는 게 마음이 놓이긴 하지만"

사실 승우랑 헤어진다는 게 실감이 나지 않았다. 지

금 승우가 내 눈앞에 있고 내일 다시 느티나무를 와
도 오늘처럼 승우가 서 있을 것 같았다. 그리고 너무
헤어지기 싫었다.
"보고 싶을 거야, 정말 많이, 너의 백일홍이 되게 해
줘서 고마워"
"고마워 내 백일홍이 돼주고 내 삶에 숨을 불어 넣어
줘서"
이걸 끝으로 나와 승우는 헤어졌다.

그리고…. 승우와의 연락은 끊겼다. 그리고 난 승우를
잊어갔다.

•

"아저씨 저 왔어요. 밥 드셨어요?"
"못난이 왔냐, 나 이제 밥 잘 챙겨 먹고 있어. 그만

와 이제."

"다행이네요, 근데 제가 언제부터 아저씨 끼니를 챙겨드렸죠..? 벌써 1년 반째인데.."

"몰러 몰러 네가 갑자기 밥 먹으라고 왔잖어~"

그때 갑자기 티브이 속에서 낯익은 이름이 들려왔다.

'육상 선수 강승우군, 국내 1위 육상 선수로 성장..'

"승우.."

승우의 이름이 나오자마자 눈에서 눈물방울이 떨어졌다.

잊지 않겠다고 다짐했었는데 잊고 지내온 그동안의 하루하루가 너무 원망스러웠다.

"보고 싶어 많이.."

"아이고 우리 승우 육선수 됐구나~!!"

"아저씨.. 육선수 아니고 육상 선수"

"으응, 육상이 선수~"

"아저씨도 참.."

"밥은 잘 먹고 다니나 우리 승우... 벌써 1년이나 안 봤네"

"그러게요.. 아저씨가 밥 잘 먹어야 승우도 잘 먹을

텐데~ 빨리 밥 마저 먹어요"

"그래요. 아빠 빨리 밥 드세요"

어디서 낯 익은 목소리가 들려왔다. 바로 내 뒤다. 내 뒤에서 틀림없이 승우의 목소리를 들었다. 갑자기 심장이 쿵쾅 되었다. 승우를 처음 본 날과 똑같이 난 심장을 잡고 뒤를 돌아보았다. 짐을 바리바리 싸 온 승우가 뒤에서 웃으며 아저씨와 나를 바라보고 있었다.

"육상 선수 강승우, 다녀왔습니다. "

난 눈물이 왈칵 쏟아졌다. 나는 승우를 잊고 있었을지라도 마음속에서는 승우를 보고 싶어 했고 잊지 못하고 있었나보다, 너무 반가웠고 보고 싶었고 왜인지 슬펐다. 너무 반가워서 참을 수 없이 눈물이 쏟아졌다.

"정지안! 이 울보 나 갈 때도 울더니 와도 울면 어떡해. 잘 지내고 있었어?"

"보고 싶었어, 강승우.."

"너무 바빴어. 너한테 연락을 하고 싶었는데 훈련이며 대회며 정신이 없어서 연락을 못 하다 보니 이렇게 1년이 지나버렸네. 기다리게 해서 미안해"

"사실 나도 너 잊고 지낸 줄 알았어. 정말 아무렇지도 않았고 너라는 존재를 잠시 잊었었나 봐, 근데 아까 티브이에 네 이름이 나오는데 눈물이 나오더라. 내가 잊었다고 생각했어도 내 마음은 널 기다리고 있었나 봐."

"나 가고 나서 느티나무는 가봤어?"

아 느티나무.. 그러고 보니 승우와 헤어지고 1년 반 동안 꾸준히 갔었던 가온 공원 느티나무로 가는 발걸음도 끊겼었다. 느티나무는 어떻게 변했을까.

"안 가봤으면 같이 가볼까?"

"좋아"

그렇게 우리는 느티나무로 발걸음을 옮겼다. 그리고 우리가 본 느티나무는 1년 전 그대로의 모습으로 아직도 똑같은 세상을 보며 그 자리를 우뚝 서 지키고 있었다.

"우리는 많이 바뀌었는데 느티나무는 그대로네"

"나도 너 없었으면 느티나무처럼 그대로 불행한 인생을 살고 있었을 거야"

"나도 마찬가지야. 넌 나한테 도움만 받았다고 생각하겠지만 난 너한테 의지를 주면서도 너에게서 많은 힘을 얻고 행복을 느꼈어"

"내가 널 보고 있다는 게 믿기지 않아. 너무 오랜만이어서 너무 떨떠름해"

"그리고 네가 보고 있는 강승우는 국내 1위 육상 선수지"

"자기 자랑이 심해졌네? 아 참, 그러고 보니 육상 선수라면서 왜 나한테는 달리기하는 모습 안 보여줘?"

"음.. 너한테는 내 진정한 모습을 보여주고 싶었어. 달리기하는 강승우가 아니라 내면의 강승우"

"그래서 내면의 강승우는 다 보여줬어? 나한테?"

"아직 다 안 보여줬어. 내 아직 너한테 숨기고 있는 게 있거든"

"뭔데?"

"나 너 좋아해"

쿵 -

심장이 떨어지는 듯했다. 승우의 좋아한다는 말 그 한마디가 그렇게 놀랄 일인가. 누군가 나를 좋아한다고 말해주는 것도 처음이지만 그 상대가 승우라는 것이 믿기지 않았다. 또 나도 느꼈다. 나도 승우를 너무나도 좋아하고 있었다는 것을 말이다.

"그럼 이제 나한테 말 안 해준 거 없는 거야?"

"응. 그래서 대답은? 넌 나 어떻게 생각해?"

"국내 육상 선수 1위 강승우"

"... 거절인 거야?"

"거절이라고 말 안 했는데? 나도 너 좋아해 아주 많이"

이제 어떻게 되는 걸까. 서로 좋아한다는 걸 알았으면 그 다음은..?

"그럼..?"

"사귀는 거지. 너랑 나랑"

"너랑.. 나랑..?"

"응 너랑 나"

저렇게 말하면서 웃는 승우의 미소는 그 어떤 사람의 미소보다도 예뻤다. 저렇게 보니 아저씨의 얼굴이 보이는 것 같기도..

"너한테 아저씨가 보인다."

우리 아빠? 내가?"

"미소가 아저씨를 닮아서 예뻤구나"

"그 부분은 부정하기가 어렵네"

"와... 뻔뻔해"

승우가 편해져 가는 걸까. 승우가 마치 느티나무 같았다.아마 느티나무보다 더 편안하고 의지 되는 걸 수도 있다. 하지만 승우는 육상 선수. 또 국내 1위 선수이면 만날 시간이 있긴 한 걸까. 물론 승우가 꿈을 이루었다는 게 기뻤다. 하지만 승우의 그 꿈이 우리 사이를 멀게 만들까 봐 겁이 났다.

"근데 너랑 나 안 될 것 같기도 해"

내 마음 한구석에 있는 그 마음을 말해버렸다. 좋지도 않은 말을.

"왜 그렇게 생각해?"

"넌 육상 선수니까, 그것도 국내 1위. 그럼 스케줄 많아질 거고 난 또 널 잊을 거고.. 우리 만날 시간도 없을 거잖아."

"그렇게 생각해?"

"너 1위 아니었을 때도 1년 동안 서로 잊고 살았어. 1위 됐으니까 그때보다 더 못 만날 것 같아."

"나한테 너보다 1위가 중요할까?"

왜 이렇게 날 헷갈리게 하는 거야... 승우의 말 하나 하나가 나에게 와닿았고 그럴수록 불안감도 커져갔다. 승우의 말이 오히려 반대로 다가온 걸까

"1위는 그동안 네 노력이야. 난 그냥 갑자기 들어온 방해물일 수도 있어. 앞으로 네가 발전하는 그 시간 들을 비집고 들어온 잡초"

"내가 잡초를 안 뽑지는 않지. 그럼 애초에 내가 네 백일홍이 돼주겠다고 하지도 않았을 거고, 너와 느티 나무를 다르게 만들어주겠다고 말하지도 않았을 거 야."

"1등보다 나라는 소리야?"

"당연하지. 지금 당장 1등 내려놓을 수도 있어. 널 만난 그 짧은 시간이 나한테 너무 의미가 컸어서"
"나 감동 주지 말라고..."
너무 좋게 말해주는 승우에게 감동하기도 했지만 미안한 마음이 커져만 갔다.
"하지만 나도 수능 봐야 해. 아무리 네가 1등보다 나라지만 수능은 내 미래에서 아주 중요한 시험이야. 나의 삶을 행복으로 안내해줄 수도 있지만, 평생을 불행으로 밀어 넣을 수도 있어"
"기다릴게. 내가"
"난 너 못 기다려줬는데"
"네가 의도한 거 아니었으니까 됐어. 내가
기다릴게. "
"미안해 내가, 너무 이기적이어서"
"미안해 하지마. 나도 바빠"
"아, 국내 1위 육상선수셨죠? 그럼 달리기 한 번 보여주면 안 돼?"
"같이 달려"
"같이? 나 너 못 따라가"

"내가 맞춰주면 되지."

"내가 너 놓치면?"

"너 보일 때까지 기다려주면 되지"

"그게 쉽지 않을 걸, 나 거북이야"

내가 한 비유 때문인지 승우는 피식 웃었다.

"거북이도 토끼 이겼어. 아 뛰기 전에 알려주고 싶던 게 있어, 물망초 꽃말은 나를 잊지 마세요. 이 꽃말만 있는 게 아니야."

"그럼?"

"진실한 사랑"

"그건 예쁘네... 근데 나 이제 꽃말로 꽃 안 나눠"

"그럼 좋아하는 꽃도 바뀌었어? 백일홍 아니야?"

"아니? 백일홍은 생김새도 예쁜 걸, 그리고 네가 내 백일홍이니까 백일홍 좋아할 거야"

승우는 행복한 미소를 지으며 말했다.

"가자. 뛰러"

우리는 느티나무 아래로 같이 달려갔다. 서로를 이해하면서 서로를 맞춰가면서.

백일홍의 꽃말처럼 승우와 인연이 되어 행복했고
물망초의 꽃말처럼 진실 된 사랑을 하며 내 마음속에
서는 승우를 잊지 않았다.

제2화 너와 나의 두려움

불행한 삶을 사는 여자 '이소윤',
긍정적인 삶을 사는 남자 '김수혁'
이 이야기는 이 두 사람의 이야기이다.

·

띠링 -

소윤의 휴대폰에 문자 하나가 발송됐다.
'이소윤 고객님, 대출금 10, 000, 00원 입금

부탁드립니다.'

"하..."

소윤은 한숨을 쉴 수밖에 없었다. 나에게 대출금만
넘기고 모르는 체하며 소윤을 위하는 척하는
부모님이 죽도록 밉고, 원망스러웠다. 소윤은 말할
힘도 없어 한숨만 내쉬었다.

·

소윤은 혼자 있는 것을 좋아한다. 슬픔을 반으로
나누면 그 슬픔이 배가 된다고 생각했고, 사람들은
모두 불행 속에서 살아간다고 생각했다. 행복은
불행을 위한 예방 접종과 같다고, 결국 행복 뒤에는
불행이 찾아온다고, 그렇게 생각하며 살아왔다.
오늘은 면접날, 지금까지 소윤은 대출을 갚기 위해
악바리로 면접을 보며 살아왔다. 하지만 소윤의
어두운 인상과 다정하지 않은 말투에 면접은 계속
떨어지기 일쑤였다.

"김소윤 씨는 왜 유일 컴퍼니에 지원을 하셨나요?"

"돈 벌어야 하니까요."

면접관은 소윤의 말에 당황한 표정을 지었지만
곧이어 질문을 하였다.

"아... 그 뜻이 아니라 돈을 벌 수 있는 다른
회사들도 많을 텐데 왜 유일 컴퍼니를 지원했냐는
뜻이었어요. 이유가 있나요?"

"이유 없어요. 이유가 있다면 이 회사가 집과 제일
가까워서겠죠"

소윤의 말을 듣고 미소를 짓고 있던 면접관이
입꼬리를 내렸다. 하지만 면접이기에 형식적인
질문들은 이어나갔다.

"김소윤 씨는 유일 컴퍼니에서 고객들에게 어떤
행복을 주고 싶은가요?"

"행복이란 게 결국 불행인걸요. 전 단지 돈을 벌고
싶을 뿐이고 고객들에게는 조금 덜 아픈 불행을 줄
수 있을 뿐이에요. 행복이란 게 결국은 불행을
불러내기 전 단계니까요. 불행에 도착하기 전 들리는
정거장이라고 할 수 있죠. 하지만 내리는 건

불가능한 그런 정거장."

"왜 그렇게 생각하시죠?"

소윤의 부정적인 답변에 면접관은 면접을 더 볼 필요도 없다는 표정이었지만 면접의 절차를 밟기 위해 억지로 질문을 이어나갔다. 소윤은 면접관의 영혼 없는 질문들과 표정들에서 나오는 분위기로 면접관이 자신을 맘에 들지 않아 한다는 것과 면접에 불합격 할 것이라는 것을 알아차렸지만, 돈을 벌기 위해서는 면접에서 더 이상의 불합격은 없다는 생각으로 면접에 응했다. 하지만, 자신의 불행에 대한 확고한 생각을 바꾸지 않았다. 무언가를 위해서 자신의 생각을 바꾸고 싶진 않았기 때문이다.

아무리 합격이 간절하더라도.

"아쉽지만 김소윤 씨는 우리 회사와 맞는 인재가 아닌 것 같습니다. 이런 경우는 처음이지만 김소윤 씨를 이 자리에서 불합격 처리를 하고 싶네요. 유감입니다."

다른 면접관들도 모두 한 마음인 눈치 같았다. 면접관 모두가 소윤의 불합격을 부정하지 않았다. 하지만 소윤은 예상하고 있었다. 면접관들이 자신을 맘에 들지 않아 하는 것부터 이 면접에서 떨어질 것까지. 하지만 더 이상의 불합격은 하지 않고 싶었기 때문에 아주 작은 희망을 품고 있었을 뿐, 그 이상의 기대는 하지 않았다. 소윤은 시선을 면접관을 똑바로 쳐다보며 말했다.

"역시."

"네?"

"전 역시 불합격이라고요. 면접관님, 그래도 제가 한 말 잘 알아두세요. 행복은 없어요. 불행의 전 단계일 뿐. 행복 뒤엔 반드시 불행이 옵니다"

면접관은 어이없다는 표정으로 소윤을 째려보았다, 하지만 소윤은 눈 하나 깜빡하지 않고 면접장을 벗어났다.

·

"면접은 잘 봤냐?"

"난 사람들을 이해할 수 없어. 왜 다들 행복이
존재한다고 생각하는 거야? 아니지, 왜 행복과
불행은 다른 거라 생각하는 거야"

"난 너를 이해할 수 없어. 너를. 너도 좀 긍정적으로
생각할 수 없어?"

소윤의 친구인 이나는 소윤의 부정적인 생각 때문에
소윤이 사회생활을 하지 못할까 걱정이 되었다.

"제발 소윤아. 행복은 존재한다니까?"

"그래. 행복은 존재해. 하지만 행복과 불행은 이어져.
행복은 불행으로 가는 중 있는 하나의 정거장일
뿐이야. 내릴 수 없이 그냥 지나치기만 하는 정거장.
행복에서 멈추지 않아 목적지는 불행이니까"

이나는 소윤의 손을 잡으며 진심으로 소윤을
걱정하였다. 이러다가 소윤이 완전히 혼자가 될까봐.
소윤의 친구가 자신밖에 없다는 것이 걱정스러워서.

"신체접촉은 사절이야. 알잖아. "

"그래. 그게 우리 규칙이지"

"난 원래 친구 필요 없어. 혼자가 좋아. 혼자면
신체접촉도 필요 없어. 쓸데없이 감정 낭비 안 해도
되고."

"그 말은 항상 들어도 상처다. 그래도 난 네 친구 할
거야. 나까지 없으면 너 진짜 안 돼"

"같이 있는 시간은 이거면 됐어. 설마 혼자 있는
시간까지 뺏을 생각이라면 내가 널 그냥 보고만 있진
않을 거야"

"그래. 그래도 항상 말하는 거지만 행복은 그냥
행복일 뿐이야 소윤아."

"날 설득시키려 하지마"

혼자 있는 시간을 중요시하는 소윤은 혼자 있는 시간
만큼은 철저히 지킨다.

　　　　　　　　　・

소윤의 취미는 그림을 그리는 것. 하지만 사람은 안

그린다. 그린다면 불행이 찌든 사람 몇 명뿐이겠지.
고통에서 몸부림치며 울고 있는 그런 사람들.
소윤에게 행복은 없으니까. 혼자 있는 시간과 그림을
그리는 시간, 소윤은 그 시간들 만큼은 꼭 필요하다.
그게 아무리 자신의 소중한 사람들이어도 그
시간들을 뺏는 것은 용납하지 못한다.

똑똑 -

"소윤아 나와봐, 오늘 면접 떨어졌다며 괜찮아?"
부모님은 아직도 소윤을 모른다. 난 정작 아무렇지
않은데 왜 위로를 하는 걸까. 그리고 지금은 소윤이
그림을 그리고 있다. 그 시간만큼은 뺏기고 싶지
않았는데 지금 뺏겼다.
아까 말했다시피 소윤은 그림 그리는 시간, 그리고
혼자 있는 시간을 방해하는 건 용납하지 못한다.
근데 지금 그 시간을 침해받은 것 같으니 용납할 수
없는 기분이 드는 건 당연하다.
"부모님은 지금 내 시간을 침해했어요. 내가 이

시간만큼은 방해하지 말아 달라고 하지 않았나요?"

"소윤아 너 어른이야. 그렇게 어린애처럼 굴 나이는 지났어. 언제 면접 붙을래. 네 그 부정적인 모습 대체 언제 바꿀 거야"

"어떤 모습이 어른스러운 모습이죠? 부정적인 모습은 꼬마의 모습이라는 말인가요? 내가 항상 말하죠, 내가 부정적인 게 아니라 원래 사회에는 행복이라는 존재가 없는 거라고요. "

"그래도 대출금 갚으려면 일해야지. 면접 붙어야 돈을 벌든 할 거 아냐"

"그거 내 대출금 아니잖아요. 엄마 아빠가 빌린 돈 아닌가? 내가 돈을 벌어도 그 돈을 부모님이 대출한 대출금과 이자에 쓰고 싶진 않은데 언제부터 대출 문자가 나한테 오더라고요?"

"... 내일 볼 면접 알아놨다. 이나랑 그거 보고 와. 안 붙으면 네 잠자리도 없을 거야"

소윤은 예상했던 부모님의 대답에 헛웃음을 쳤다. 예상과는 잘 맞아도 너무 잘 맞아서.

"당신들은 내 예상을 너무 못 피해요. 그럴 줄 알고

한 달 전에 미리 집 구해놨고, 내일 당장 나가려고도
했어요."

"... 자라"

부모님은 더 통할 말도 없다는 듯 한숨을 쉬며 방을
나갔다. 하지만 소윤은 부모님한테 화남도, 서운함도,
짜증 남도 그 어떠한 감정도 들지 않았다. 그 정도의
감정마저도 주는 게 아까워서.

.

다음 날, 소윤은 면접을 가지 않았다. 부모님의 말에
반항을 하는 게 아닌 누군가에게 떠밀려 자신의 시간
을 쓰고 싶지 않아서.

"이소윤! 야!"

멀리서 이나가 달려오며 소윤의 이름을 불렀다.

"아.. 이 타이밍에 오면 안 될 텐데"

"이소윤 나 따라와"

"신체접촉 싫다고 했지"

"됐고. 그 무슨 면접 있다며 오늘, 어머니가 부탁했어 너 리고 면접 보러 가라고, 나한테도 합격의 기회가 오는 건가."

"됐어, 갈 거면 혼자 가"

"야, 넌 혼자가 좋을지라도 다 너랑 똑같은 건 아니거든, 면접 오기나 해 이번엔 네가 나 좀 맞춰주고."

"너 맞춰 줄 사람 찾을 거면 나 말고 다른 친구 사귀어."

소윤은 슬슬 이나가 귀찮아졌다.

"혼자 가라고"

"김소윤 말도 많아 너 면접 볼 때라도 웃어 제발, 인상 어둡게 하지 말고 단답하지도 말고."

"명령 하지마. 네 인형 아니야. 나 분명 말했어 면접 안 간다고. 너 우리 부모님이랑 같은 급 되기 싫으면 그만해"

"너 오늘따라 말이 좀 그렇다? 기분 좀 풀어 제발, 너희 부모님은 너 도와주려고 하는데 왜 인상 쓰면서 짜증 내?"

이나는 아무리 소윤가 알고 지낸 지 오래 됐어도 소윤을 이해하는 데에는 한계가 있었다.

"감정노동 시킬 생각 하지도 마, 네가 우리 가정사 뭘 알아? 너 이제 내 친구니 뭐니 이러면서 함부로 신체접촉 하거나 끌고 가려고 하기만 해봐. 앞으로 내 눈에 띄지도 말고."

"이제 나랑 친구 안 하겠다는 뜻이야?"

"그 뜻도 있고, 내 본성 나오게 하지 말란 소리야. 내가 말했지 행복 뒤에 불행이 온다고, 이제 불행이라는 정거장에 도착한 거지. 나 찾지 마 절대."

소윤은 그렇게 말을 해도 항상 혼자였기에 괜찮을 줄 알았다. 하지만 왜인지 모르게 오랜만에 혼자 남겨진 이 상황이 너무 싫었다. 처음으로 눈물을 흘렸고 처음으로 슬픔이라는 감정이 느껴졌다. 가족을 잃어서도 아닌 항상 곁에 있었던 친구가 사라졌다는 이유만으로.

이때 누군가 소윤의 눈앞에 나타났다.

"괜찮아요?"

한 남자였다. 그 남자는 웃고 있었다. 소윤은 울고 있었지만.

"비켜주면 좋겠네요. 지금 보시다시피 그렇게 웃으면서 말 걸만한 상황이 아닌 것 같아서요"

"울고 있네요? 무슨 일 있어요?"

"우리 초면인데요. 내가 무슨 일인지 알려줄 이유는 없는 것 같네요. 비켜주세요. 말 할만큼의 힘도 없으니까"

"그럼 힘 날 때까지 기다릴게요"

"갑자기 왜 나타나서 초면인 사람한테 이러는 거예요. 대체?"

"그냥... 난 모든 사람이 다 행복했으면 좋겠어서?"

소윤은 한숨을 푹 쉬었다. 그놈의 행복, 사람들은 왜 이렇게 행복에 집착하며 살까. 사람들에게 소원을 빌라고 하면 '행복하게 해주세요'라는 소원 하나쯤은 있었는데 이번에도 그런 사람이 나타났다는 것에 소윤은 벌써 머리가 지끈거렸다.

"내가 이 말만 사람들한테 몇 번째 하는지 모르겠는데 행복은 불행의 전 단계예요. 그러니까 난 행복 그런 거 안 믿습니다. 나한테 행복했으면 좋겠다고 말하면서 행복을 강요하는 그런 행동할 거면 제발 사라져주세요. 안 그래도 힘든데 더 힘들게 하지 마시고요"

"생각 존중해줄게요."

소윤은 깜짝 놀랐다. 자기 생각을 존중해주고 기다려주는 사람은 처음이라서 의외이기도 했고 대체 이 사람이 나에게 왜 그러는지 알 수도 없었다.

"이름이 뭐예요?"

갑자기 이름을 물어보는 남자. 소윤은 점점 이 남자가 나에게 왜 그러는 걸까 의문이 들기 시작했다. 무슨 꿍꿍이가 있는 걸까, 설마 부모가 저 남자를 나에게 보낸 걸까 이런 생각까지 했다.

"나는 오건율이라고 해요"

"안 궁금했어요"

"알아요. 그냥 알려주고 싶었어요.

"근데 대체 저한테 왜 말을 건 거예요"

"맘에 들어서?"

훅 들어온 그 남자의 말에 소윤은 좀 심하게 당황을 했다. 소윤이 한 번도 들어본 적 없는 말을 연달아서 하는 그 남자가 몹시 당황스러워서.

"김소윤"

"네?"

"내 이름이요. 당신만 이름 알려주면 좀 이상한 거 같아서. 이만 갈게요"

"김소윤 씨, 우리 연락할까요?"

"초면인데요. 아시다시피 지금 제 기분이 마땅치 않아요"

"초면부터 시작하는 거죠. 내일 연락할게요. 내일이면 기분 괜찮아질까요?"

"몰라요."

소윤은 말이 다정하게 나오지 않았지만, 자신을 처음으로 진심 있게 대해주는 사람은 처음인지라 전화번호를 주기로 했다.

"핸드폰 줘요"

"고마워요. 기분 나아지면 먼저 연락해줄래요?"

"오늘 밤 9시, 연락해요. 단 전화 말고 문자로. 제가 전화는 좀 안 좋아해서. 사람 목소리는 마주 보고 들어야지 비대면으로 듣는 건 좀 오글거리고 싶어서요. 전화는 안 받을게요"

"알겠어요. 고마워요. 정말"

•

"이사 비용은 이 계좌로 보내주시면 됩니다. 이사는 끝났고요"

"알겠어요. 수고하셨습니다."

"다른 잡동사니는 저 파란 박스 안에 다 들어있어요. 없는 물건이 있으면 명함에 있는 번호로 연락 주세요"

"알겠습니다"

소윤은 이사가 끝나고 지친 몸으로 침대에 누웠다.

띵 -

자고 있던 소윤의 알림 소리가 울리고 핸드폰을 확인해보니 밤 9시
"시간에 원한 있는 귀신이 붙었나... 시간은 왜 이렇게 잘 지켜.."
딱 9시에 문자를 보낸 건율이 소윤은 신기할 따름이다.

- 뭐해요?
- 자고 있었어요.
- 아 내가 깨웠어요?
- 네.
- 미안해요.
- 연락 왜 한다고 했어요
- 내일 시간 있어요?

소윤은 건율의 의도를 알아낼 수 없었다. 왜 연락을 했는지 내일 시간은 왜 물어보는 건지

- 시간은 있지만 만나진 않을게요

- 왜요?

- 내가 만나야 해요?

- 할 말이 있어요

- 지금 얘기해요

- 내일 만나서 해요. 내일 점심 1시 이우 카페에서

서윤은 어이가 없었다. 건율이 할 이야기를 지금 대화를 하고 있는 이 순간에 말하지 않고 굳이 약속을 잡는 이유를 도통 알 수 없었다. 만나기는 싫었지만, 이야기가 궁금했던 서윤은 할 수 없이 건율을 만나기로 하였다.

- 네. 내일이 마지막 만남이면 좋겠네요. 답장하지 말아요. 충분히 당신 마음대로 한 것 같으니까.

소윤의 마음을 알아챈 걸까. 건율은 더 이상 연락을 하지 않았다.

•

다음 날 소윤은 건율을 만난다는 사실을 잊어버렸고 건율은 카페 앞에서 소윤을 기다렸다. 계속해서 소윤이 오지 않자 건율은 불안해지기 시작했고 소윤에게 전화했다.

"소윤 씨, 왜 안 나와요. 어디예요?"

"아 까먹고 있었어요. 내일 만나면 안 될까요?"

배려없는 소윤의 행동에 건율은 살짝 짜증이 났다.

"소윤 씨는 약속을 잡고 끊는 게 쉬워요? 제가 아무리 소윤 씨가 맘에 든다지만 최소한의 예의는 지켜줄 수 없는 거예요?"

소윤은 뭐든지 이해해주고 밝기만 할 것 같은 건율이 자신이 단순하다고 생각하는 일에 화를 내는 것을 보며 당황해했지만 자신의 모습을 좋아해 주는 사람은 없었기에 결국 건율도 그런 사람들에 포함된다고 생각했다. 건율과 자신은 인연이 아니라고, 그저 스쳐 가는 행복의 정거장이었을 뿐이라고 말이다. 그리고

전화를 싫어한다고 말을 했음에도 전화를 하여 화를
내는 건율에게 화가 나기도 했다.

"그럼 당신은 내가 전화를 싫어한다고 했음에도 불구
하고 이렇게 전화로 화를 내는 이유가 있는 건가요?
건율씨도 예의가 없는 것 같은데요. 내가 처음부터
말했죠. 초면인 사람한테 왜 그러냐고, 행복을 강요할
거면 사라져 달라고. 근데 지금 건율씨는 내 행복도
아니고 당신의 행복을 위해서 나한테 예의를 차리라
하고 있어요. 이게 맞다고 생각하나요?"

소윤은 쌓이고 쌓였던 나쁜 감정들이 폭발해 건율에
게 화가 났던 일들이 아닌 그 외의 감정들까지 건율
에게 쏟아내고 말았다. 그리고 또다시 깨달았다.

'이 남자와 나는 같이 있으면 안 된다. 행복이 있다고
믿는 사람과 불행한 나는 애초에 만나는 게
아니었다. '

소윤은 건율을 멀리하기로 결심한다.

"오건율씨, 우린 애초에 만나면 안 될 인연이었는데
만나버렸네요. 지금이라도 그만 해요. 더 이상 날 망
칠 생각도 나에게 행복을 강요하지도 말고 지금 당장

내 연락처 삭제하세요. 이 오글거리는 통화 끊고 싶
어 미칠 것 같으니까."
건율은 당황했다. 그저 소윤에게 서운한 감정을 말했
을 뿐인데 자신을 너무 차갑게 대하는 소윤의 태도가
당황스럽고 조금은 무서웠다. 어제 만난 소윤이 뭐가
그리 맘에 들었는지 건율도 모르겠지만 너무나도 좋
았기에 이대로 놓치고는 싶지 않았다.

남녀 관계 그것도 연애 관계에서는 갑과 을이 존재한
다. 역시 갑이 을보다 더 강한 존재이고 갑이 둘의
사이를 좌우한다. 소윤이 너무도 좋았던 건율은 결국
을의 위치가 되기로 결심한다.
"내가 너무 몰아붙였네요. 미안해요. 소윤 씨. 내일
만나요. 똑같이 오후 1시 이우 카페에서요. 괜찮나
요?"
"당신을 만나고 싶지 않다고요"
냉정한 소윤의 말투에 건율은 포기할까 생각도 하였
지만, 소윤을 놓치고 싶지 않았기에 계속해서 소윤을
설득시켰다.

"마음이 풀릴 때까지 기다릴게요. 문자 해줄래요? 그 정도는 해 줄 수 있을 것 같은데."

"왜 나한테 그래요. 굳이 날 더한 불행으로 집어넣어야겠어요? 제가 항상 하는 말이 있어요. 행복은 불행에서 더한 불행 속으로 가는 중 있는 정거장 같은 거라고요. 내가 처음에도 말하지 않았나요? 행복에서 내릴 수는 없어요. 내릴 수 있는 곳은 더한 불행이 있는 곳 뿐이죠."

"내가 내릴 수 있는 행복 정거장을 만들면요?"

"무슨 소리죠 그게?"

"내릴 수 없는 행복. 그건 소윤 씨 마음속에서만 존재하는 거예요. 그 내릴 수 없는 행복 정거장. 다른 사람들의 마음속에 있는 행복 정거장은 더한 행복으로 가게 해주는 내릴 수 있는 정거장이에요"

"당신이 그걸 어떻게 알아요."

"그럼 당신은 행복이 불행으로 가는 중간 정거장인 걸 어떻게 아는데요?"

소윤은 더 이상 할 말이 없었다. 건율이 너무 맞는 말만 해서, 반박할 수 없어서 말문이 막혀 말이 나오지 않았다.

"그래서 뭘 어쩌고 싶은데요"

"내 말이 맞는 말이라서 지금 반박을 하지 못 한 거라면 당신은 충분히 행복이라는 그 정거장에서 내릴 자격이 있어요. 그러니 내일 오후 1시, 이우 카페로 오세요. 약속을 어긴다면 나도 전화를 다시 걸 거예요. 전화가 싫다면 오는 게 좋겠죠?"

"협박이네요."

"협박 같은 약속이라도 해두죠. 당신이 약속을 어겨 이렇게까지 하는 거니까."

소윤은 입을 꾹 다물었다. 자신이 약속을 깬 그 상황이 그렇게까지 예의가 없는 행동인지 전혀 몰랐기 때문이다. 소윤은 자신의 행동에 예의가 없었다는 걸 깨닫고 최소한의 예의는 지키려 하였다.

"이번 눈치를 봐서는 내가 잘못한 상황 같으니 내일 나갈게요. 하지만 이번이 마지막입니다. 더 이상의 만남도 연락도 없어요."

건율은 소윤의 말에서 자신을 좋아하지 않고 있다는 것을 다시 한번 확인하고 실망했지만, 소윤이 자신을

좋아하지 않고 있는 그 마음은 만나고 나서 돌려놓기
로 하였다. 지금 소윤의 마음을 돌리려 해봤자 둘의
사이만 더더욱 나빠질 것 같았기 때문이다.

"알겠어요. 용건 끝났으니 끊어요. 전화 싫어하는 사
람 치고 전화를 꽤 하신 듯한데."

하지만 소윤의 대꾸는 없었다. 이미 소윤은 자신이
할 말만 하고 전화를 끊었기 때문이다. 더 이상 건율
의 이야기를 듣지 않아도 된다고 생각했기 때문에.

⬩

다음날 오후 1시, 소윤은 건율과의 약속은 이번이 마
지막이라 생각하고 더 이상 건율을 만날 일이 없다는
생각으로 약속에 나갔다. 멀리서 건율이 소윤에게 손
을 흔들며 미소를 짓고 있었다.

"이번에는 나왔네요?"

"처음이자 마지막으로 나온 거니 오해하지 말아줬으

면 해요"

"오늘도 무표정이네요."

"웃을 이유가 없으니까요. 용건이나 말해요. 듣고 가게"

"할 말 없어요. 핑계 댄 거예요"

소윤은 말문이 막히고 어이가 없었다. 별다른 이유 없이 만나자고 한 남자, 처음부터 상종하면 안 됐다는 걸 소윤은 이제야 느꼈다. 소윤은 건율과는 더 이상 할 말이 없다는 것을 느끼고 집으로 돌아가려 했다.

"어디 가요"

"이게 맞다고 생각하는 거라면 당신 정상 아닐 거예요. 본인 잘못 모르겠어요? 그래 잘못을 알았으면 사과부터 했겠지, 안 그래요?"

"알아요. 내 잘못, 그 부분은 사과할게요."

"됐어요. 이제 연락하지도 말고 지금 나 잡지도 말아요. 애초에 상종하는 게 아니었는데 내가 실수했네요."

소윤은 어떻게든 가야겠다는 생각만 들었다. 건율은

그런 소윤의 취약한 점을 건들고야 말았다.

"당신, 외롭잖아"

소윤은 가려고 뗀 발걸음을 멈출 수밖에 없었다. 자신이 가장 알리고 싶지 않았던 비밀을 들켜버린 기분이어서, 하필 다시는 보고 싶지 않은 남자에게. 하지만 소윤은 오히려 다행이라 생각했다. 만나지 않을 남자니까 다시 만날 일도 없을 것이고, 소문이 난다 해도 소윤을 아는 사람이 없을 테니까.

하지만 소윤은 끝까지 잡아떼었다. 아무리 소문이 멀리 안 나간다 해도 그 남자에게만은 들키고 싶지 않아서 자존심에 흉터가 생길 것 같아서.

"누가 외롭대요? 나 안 외로워요"

"보통 그렇게 말하는 사람들이 외롭더라고요. 인생이, 대인관계가, 가족 관계가."

"난 그런 인간들하고는 달라요. 날 일반화 시키려 하지 마요. 애초에 나한테 왜 말을 걸었어요. 진짜"

"전에 말했다시피 당신이 맘에 들어서?"

"나도 전에 말했던 거 같은데, 행복 강요할 생각이면

사라져달라고. 근데 생각이 좀 바뀌었어요. 당신이 내 눈앞에 없었으면 좋겠어요."

"당신이 원해도 포기 안 해요. 그리고 강요할 생각 없어요. 설득할 생각은 좀 강해도"

"누가 당신 설득에 넘어간대?"

"넘어올 거라고 확신해요."

"뭘 믿고 그렇게 확신하는데요"

"당신 믿고, 나 믿고"

소윤은 건율이 이렇게까지 하는 이유를 알 수 없었다. 보통 잘 알지도 못하는 사이에 행복을 설득하고 강요하고 그렇지는 않으니까.

"처음 만났을 때도 울고 있었잖아요. 당신 세계에 행복은 존재하지 않아 보이는 것 같던데"

"그건 잘 보셨네. 근데 왜 불행만 있는 내 세계에다 굳이 행복을 주입 시키려 하는데요"

"당신이 행복의 가치를 좀 알았으면 좋겠어서"

"당신 생각대로 나 대하면서 감정 노동시키지 말아요. 불쾌하니까"

건율은 자신에게 차갑게 대하는 소윤의 태도가 점점

서운해져 갔다.

"계속 차갑게 대할 거예요?"

"평생이요. 오늘 이후로는 만날 일 없겠지만."

"서운한걸요"

소윤은 점점 건율이 어떤 생각으로 자신을 대하고 있는 건지 궁금해져 갔다. 하지만 차갑게 대했다. 자신이 건율에게 어떤 상처를 줄지 모르기에, 그래서 더더욱 겁이 났던 것이다.

"내 인생에 개입하고 싶은 거 아니면 그만 가세요. 개입해봤자 좋을 것도 없으니까."

"잘 아시네, 나 당신 인생에 개입할 거예요. 좋을 거 없어도 당신 인생이 시든 꽃들 같아도 개입할 거예요. 그만큼 당신이 마음에 들었으니까."

소윤은 건율이 자신과 가까워지려 할수록 거리를 두었다. 하지만 건율은 그런 소윤의 마음을 알아차렸고 소윤이 멀어지려 할수록 점점 더 다가갔다. 소윤은 이럴 바에 건율에게서 벗어나기로 하였고 아무 말 없이 집으로 향하였다.

"김소윤 뭐하자는 거야 너, 그 사람이 뭐가 도움이 된다고 신경을 쓰는데. 너 하나로 족해. 그만하자 소윤아"

말을 그렇게 하는 소윤이지만 자신을 꿰뚫으며 자신에 대한 퀴즈들을 너무 잘 맞추는 건율이 신경 쓰였다. 건율이라면 자신을 이 불행한 삶 속에서 내보내 줄 것 같아서. 다른 사람들에게는 지금의 내 삶이 만족스러운 듯 아무렇지 않게 행동했지만, 사실은 그렇지 않기에, 차라리 건율이 그런 자신을 알아봐 줬으면 좋겠다고 생각했다. 자신의 마음 한쪽에 자리 잡고 있는 마음의 병을 낫게 해줄 의사가 건율일까, 소윤은 은근 기대도 하였다.

"맨날 망상, 기대만 하다 포기하지 김소윤. 그 남자가 그렇게 신경 쓰이면 피하지만 말고 부딪혀 보라고 제발"

소윤은 건율에 대한 자신의 태도들을 돌아보며 후회를 하였고 되돌릴 수 없다는 생각에 한숨을 푹 쉬었다. 그렇게 소윤이 자책하고 후회하고 있을 때쯤 소

윤의 휴대폰에서 벨 소리가 울렸다. 건율이었다. 소윤
은 건율인 걸 확인하고 지체없이
전화를 받았다.
'잠깐 너무 바로 받은 거 아니야?'
소윤은 은근 쪽팔렸다. 너무 건율의 전화를 기다린
것이 티가
난 것 같아서.
"전화를 싫어하는 사람 치고 너무 빨리 받는 거 아니
에요? 내 전화 기다렸어요?"
"헛소리 말고 용건이나 말해요"
"뒤돌아봐요"
"내가 왜요. 용건이나 말하라고요. 빨리"
"뒤에"
소윤은 계속해서 요구하는 건율의 말에 한숨을 쉬며
뒤를 돌아봤다. 건율은 무표정으로 소윤을 바라보고
있었다. 무표정인 건율은 생각보다 무서운 인상이었
고 그런 건율의 모습이 소윤은 어색했다.
"안 어울리게 왜 무표정이에요. 웃으세요"
소윤은 건율에게 신경 쓰고 있는 자신의 모습을 보게

된다. 결국, 건율의 존재를 인정하고 자신에게 필요한 존재라는 사실을 깨닫는다.

"사람 무시하는 거예요?"

건율은 화난 목소리였다.

"무시 안 했어요."

소윤은 살짝 당황하였지만 당황한 기색을 하지 않았다.

"그럼 이건 뭔데. 아무 말 없이 그냥 가버리는 거"

"내가 만나지 말자 했을 텐데. 행복 그런 거 필요 없다고요."

"내 의사는 안 중요한가."

"은근 반말하고 계시네요. 나도 말 놓는다?"

건율은 갑자기 반말하는 소윤의 모습이 당황스러웠지만 그런 소윤에게 더욱 관심이 갔다.

"그래 반말해봐. 그건 그거고 말없이 가버리는 건 나에 대한 존중이 전혀 없다는 말이랑 같은 거 같은데"

"왜 내 인생에 개입하려 하는 건데"

"그 질문 계속 반복해서 하고 있는 거 알아? 당신에게 행복을 알려주고 싶어서"

"그니까 그 이유"

"맘에 들어서"

"단지 그 이유만은 아닐 텐데"

건율 역시 생각보다 자신의 심리를 잘 알고 있는 소윤에게 놀랐다. 그리고 그런 소윤이 더더욱 마음에 들었다.

"그 이유로도 이럴 수 있다는 게 안 믿겨?"

그때 소윤의 벨 소리가 울렸다. 소윤의 부모님이었다. 소윤은 한숨을 쉬며 전화를 받았고 부모님의 호통이 들렸다.

"야! 김소윤 너 정신이 어떻게 된 거야?! 감히 면접을 안 가? 돌았어? 미쳤어. 진짜? 빚 안 갚을 거냐고!"

소윤은 한숨을 쉬었다. 빚에 미쳐가는 사람들과 통화하는 기분이 들었고 그런 부모님들 사이에서 받은 많은 구박들로 지쳐갔다. 그런 소윤을 보며 건율은 더욱더 소윤의 곁에 있어야겠다고 결심을 한다.

"내가 대출했어요? 아니면 그 대출 받은 돈 나한테 썼어요? 그 돈을 왜 자꾸 나한테 갚으라 그래, 당신네들이 갚아요. 좀"

소윤은 전화를 끊었다. 눈물이 맺혔지만, 건율의 앞에서 울고 싶지 않아 눈물을 참았다.

"거기서 시작됐구나. 할 말만 하고 전화 끊는 습관"

"전화 들었어?"

"들렸어. 스피커폰을 누가 못 들어"

"못 들은 거로 해"

건율은 그런 소율이 자신의 도움을 간절히 바라는 것처럼 보였다.

"... 너 울고 있는 건 알아?"

소윤의 눈에는 눈물이 그렁그렁 맺혀 있었다. 소윤은 울음을 참는다고 참았지만 흐르는 눈물을 막을 수는 없었던 것이다.

"우리 집안일이야. 상관 꺼"

"울고 있는데 상관을 어떻게 꺼"

건율은 의도치 않게 소윤의 집안 사정을 알게 된 것이 소윤의 비밀을 의도치 않게 안 것 같아 소윤에게 미안했지만 한편으로는 울고 있는 소윤이 무척 힘들어 보였고 어떻게서든 도움을 주고 싶었다.

"나 부자야"

건율은 소윤의 통화 내용 속 대출금이 떠올랐고 그 대출금을 대신 갚아 주기로 결심했다.

"자랑해 지금?"

"대출금 얘기 나왔던 거 같아서. 얼마야?"

"뭐 네가 대신 내주기라도 하게? 생판 남 대출금을?"

"생판 남은 아니지 않나. 뭐 남이라면 친구 하면 되지."

소윤은 모든 걸 너무 단순하게 말하는 건율이 세상 걱정이 없어 보여 부러웠지만, 한편으로는 심각한 문제를 너무 단순히 생각하는 것 같아 화가 치밀었다.

"너한텐 별거 아닐 돈 몇 푼이어도 우리 가족한텐 평생을 먹고살 돈이야. 너무 단순하게 생각하지 마."

"친구로서 도움은 줄 수 있잖아"

"누가 친구야"

소윤이 말은 그렇게 하지만 누구보다 도움이 간절히 필요하다는 것을 건율은 알아챘다.

"얼마냐고 대출금"

소윤은 계속해서 도움을 주려는 건율이 부담되었지만 한편으로는 고마웠다. 이렇게 짧은 시간에 자신을 부정적인 생각에서 조금이라도 벗어나게 해준 건율을 보고 소윤은 건율이 자신에게 몹시 필요한 존재라는 것을 깨닫는다.

"...1000만 원"

"알겠어. 계좌 알려줘 봐"

건율은 진짜 부자라도 되는 듯 소윤의 계좌에 돈을 보냈고 대출금을 갚아주었다.

소윤은 이래도 되는 건가 불안하였지만 별거 아닌 듯한 표정을 짓는 건율의 표정에 안심을 하였다.

"이로써 자격 생긴 건가? 친구 할 자격?"

이렇게까지 했는데 거절하면 자신이 너무 나쁜 사람이 된다고 판단한 소윤은 흔쾌히 답을 한다.

"그래 친구.."

건율은 기쁜 마음을 감출 수 없었다. 예상보다 조금 더 소윤과 친해진 것 같아서 기쁜 마음을 감출 수 없었다.

"친구가 된 기념으로. 넌 두려운 게 뭐야?"

어느새 건율이 편하게 느껴진 소윤은 편안히 대답할 수 있었다.

"평생 불행 속에서 썩어 잊혀지는 거"

"근데 왜 행복을 부정했어?"

"아마 진정한 행복을 겪어보지 못해서겠지"

"내가 네 행복 찾아줄게"

소윤은 자신을 위해서 무엇이든 해줄 것 같은 건율의

모습의 저절로 의지하게 되었다.

"넌 뭐가 두려운데?"

소윤이 용기를 내어 건율에게 물었다.

"망설이는 거"

소윤은 건율의 말을 이해할 수 없었다. 망설이는 게 뭐가 나쁘다고 두려운 걸까

"이해하기 어렵지?"

"좀... 이해하기가 힘드네"

"누군가를 보고 싶을 때는 놓치기 전에 달려가야 하고,

하고 싶은 말은 늦지 않게 전해야 해. 우리 삶이 생각보다 금방 흐르는데 그렇게 망설이고 있다가 모두 도망가버리고 결국 놓치거든. 그럼 그동안 망설였던 시간들은 무의미가 되는 거 잖아. 그래서 난 망설이는 게 두려워"

소윤은 건율의 말을 이해할 수 있었다. 하지만 무조

건 망설이는 것이 두려운 순간이 아닐 수도 있다.

"하지만 사람은 망설이기도 해야 해. 무엇이든 무턱
대고 하면 실수하니까. 되돌릴 수 없으면 자책이 되
니 망설이기도 해야 한다는 거야. 망설이는데 너무
많은 시간을 투자하지만 않으면 망설이는 것도 중요
하다 생각해"
"맞는 말이야. 너도 행복해야 해. 행복도 인생에서 큰
비중을 차지하니까. 그리고 너 자신을 믿어. 나나 남
들이 하는 말을 다 귀담아 담을 필요는 없어. 너에게
도움이 가는 말만 들으면 돼. 내 삶은 누구보다 네가
가장 잘 아니까 네 인생이 흔
들리면 안 된다는 거야"
"하지만 난 네 말에 설득당하였고 행복이 무엇인지
조금은 알겠는걸"
"내가 널 설득한 게 도움이 되었다는 거네. 근데 네
가 말한 네 두려움은 네가 경험해보지 못한 것들에서
우려져 나온 거

라 생각해. 난 네가 다시 생각해봤으면 좋겠어. 네 두
려움이 뭔지"
소윤은 건율의 말을 듣고 다시 생각해 보기 시작했
다. 진짜 자
신의 두려움이 무엇인지.. 그리고 진정한 자신의 두려
움을 찾아냈다.

"내가 두려워하는 것은 내가 나를 믿지 못하는 상황
이야."

제**3**화 인 생 사 전

"사람들은 태어날 때는 다들 사전을 하나씩 가지고 태어나요. 그 사전 안에는 사전의 주인에 대한 온갖 단어들이 설명되어 있죠. 제 인생 사전에는 이해, 설명, 행복 같은 긍정의 단어들이 많이 설명되어 있어요."

예린은 강연 강사의 말을 곰곰이 곱씹어 보았다. 자신의 사전에는 어떤 단어들이 설명되어 있을까 생각도 해보고 진짜 자신의 인생에 진짜 자신에 대해 설명한 사전이 존재하기는 할까 생각을 해보기도 했다. 이때 예린의 생각을 깨고 또다시 강사의 말소리가 들렸다.

"분명히 이 강연을 듣고 있는 고등학생분들 중 인생 사전의 존재를 의심하는 학생분들도 계실 거예요. 하지만 그 의심을 믿음으로 바꿔 사전에 담긴 단어들을 하나, 둘 찾아보면 그때 여러분들의 삶이 지금보다 훨씬 좋아져 있을 거예요"

강연을 듣고 인생 사전에 대해 알게 된 예린은 자신의 인생 사전을 찾기로 하였다. 그 인생 사전이 자신의 꿈에 한 걸음 더 다가갈 수 있도록 도움을 줄 것 같아서. 예린의 꿈은 방송 작가, 주변에 있는 모든 사람들이 예린의 꿈이 문과라는 이유로 돈도 많이 벌지 못하고 성공하지도 못할 것이라며 깎아내렸다. 하지만 예린은 포기하지 않았고 이번 강연을 통해 자신의 인생 사전으로 자신이 할 수 있다는 걸 증명하려 했다. 강연이 모두 끝난 후, 예린은 강사를 찾아갔다.

"강사님 안녕하세요. 아까 강연 들었던 학생입니다."

"아! 아까 질문 많이 해줬던 학생 맞죠? 제가 강연하러 다니면서 본 학생들 중 제일 눈에 잘 띄더라고요. 고마워요"

"강연을 듣고 제 인생 사전에 있는 단어들을 찾기로
했어요"
"혹시 학생 이름이 어떻게 돼요?"
"조예린입니다."
"예린 학생, 학생 사전에는 분명히 밝음이라는 단어
가 설명되어 있을 거예요. 내가 장담할게요"
"그럴까요..? 근데 밝은 모습은 제 외면인 듯 한데...
저의 내면도 설명되어 있을까요.."
"내면이든 외면이든 그게 조예린 학생의 일부인 거니
설명이 되어있겠죠."
예린은 강사의 말을 듣고 자신의 인생 사진 속 설명
되어 있는 단어 하나를 찾은 느낌이었다. 그게 내면
이든 외면이든 나에 대한 단어.
"이렇게 하나씩 찾아 나가면 되는 거겠죠?"
"그 사전을 찾는 게 간절할수록 사진 속 단어들을 더
빨리 찾으려 할 거예요. 그럼 모든 단어들을 더 빨리
찾을 수 있겠죠"
예린은 강사의 이야기를 듣고 난 뒤 자신의 사전 속
단어들을 모두 찾아 진정한 자신의 모습을 찾고 싶었

다.

∙

"너 또 학교 강연을 신청해?!! 얘가 미쳤나. 넌 너희 언니 그렇게 죽여놓고 사망 보험금 빼돌려서 강연 신청을 하고 싶어?! 가족 맞아?!"
집에 들어오자마자 엄마의 호통소리가 들렸다.
"하... 보험금 엄마 아빠가 다 가져갔잖아. 당신 사전엔 썩어 문드러진 욕만 가득한가 봐."
"뭐 이 계집애야? 말하는 꼬라지 봐. 지금 그딴 강연에서 배운 헛소리 써먹는 거지!"
예린의 엄마는 교통사고를 당해 떠난 언니가 예린 때문에 죽은 것이라 생각했다.
"네 언니 네 학교만 안 데려다줬어도 여기 있었어!! 여기서 멀쩡히 있었을 거라고!"
밥풀을 튀겨가며 말하는 엄마의 모습에 예린 역시 참을 수 없었다.
"내가 해준 밥 먹으면서 화내는 건 좀 아니지 않나?"

"그래 너 말 잘했다. 너 내가 미역국 싫어하는 거 알면서 미역국을 끓여?"

"지 생일이라고 미역국 끓였네. 야 네가 뭐가 그렇게 대단해. 니네 엄마 배 찢어서 나온 게 뭐가 대단하다고 미역국을 끓여! 멀쩡하게 좀 태어나던가"

옆에 있던 아빠까지 거들며 예린에게 화를 내자 예린도 참고 있던 화를 쏟아냈다.

"나 혼자 자랐어도 이보단 잘 자랐을 거예요. 내가 여기서 또 무슨 말 하면 나가라고 할 거죠? 그 전에 내가 나가요. 이런 집안에서 이 정도 자랐으면 나 제법 착하게 자란 거 같네요. 생일은 좀 다르게 대해줄 줄 알았더니 내가 부모를 너무 과대평가 했나 봐요"

"말하는 꼬라지 하고는 누가 닮아서 이래!! 들어오기만 해봐 이 계집애야!!"

멀리서 소리치는 엄마 소리에 예린의 눈에서 참았던 눈물이 쏟아졌다.

띵 -

이때 예린의 휴대폰에서 알림이 울렸다.

'한파 주의보...'

왜 하필 나온 날 다시는 집에 돌아가고 싶지 않은 날 한파일까. 꾹꾹 눌러왔던 서러움이 터져 나왔다,

"세상은 왜 다 날 싫어하시는 건가요! 내가 진짜 하늘에는 안 비려고 했는데요 이번만큼은 진짜 서러워서 하늘에라도 빌어야겠네요!"

예린이 그렇게 말하자 강한 바람과 함께 눈이 펑펑 내렸다,

"하필 왜 지금 눈이 내리나요! 내일도 한파인가요! 아니면 눈이 너무 많이 와서 내가 눈 속에 파묻히나요! 장갑도 없고 목도리도 없는데 왜 춥고 난리세요!"

하늘에 있는 신마저도 예린을 무시하는 건지 바람은 더 세차게 불고 눈은 더욱 더 거세게 내렸다.

"이러기에요 진짜!!"

"뭐가 이러기에요야"

뒤에서 예린의 낯 익은 목소리가 들렸다. 예린의 소꿉친구 이준. 오늘도 예린의 곁에 있어 주는 사람은 이준이었다. 이준은 그동안 집 밖에 나온 예린을 많

이 봐왔지만, 이날은 느낌이 달랐다. 집에 다시는 들어가지 않을 것 같은 표정, 평소에는 체념하고 끝이었지만 오늘만큼은 예린의 얼굴엔 분노가 가득 차 있고 서러운 눈빛이었다.

"예린아 이렇게 화난 모습은 10년 만에 처음인 모습인데 무슨 일 있었어?"

이준은 처음 보는 예린의 모습이 당황스럽고 걱정이 되었다.

"너 괜찮은 거 맞아?"

"웬만하면 괜찮다고 할 수 있는데 오늘은 그렇지가 않네"

부들부들 떨며 금방이라도 쓰러질 듯한 모습의 예린을 본 이준은 예린을 집에 보내야겠다고 생각했다. 예린의 집이 예린에게 어떤 존재로 여겨지는지 누구보다 잘 알지만 이대로 두면 안 될 거 같이 눈에 초점이 없었기 때문에.

"너 이대로는 안 돼. 집에 가자"

"너 인생에 사전이 존재하는 거 알아?"

"사전?"

"응. 사전. 사람은 태어날 때 본인만의 사전을 가지고 태어난대. 오늘 강연에서 들었어. 강사님이 내 사전에는 밝음이라는 단어가 설명되어 있다는 걸 장담한대. 내 외면에 대한 설명으로 되어있는 걸까? 내 내면이 밝지는 않잖아"

"무슨 헛소리야 빨리 집에 가자"

"너까지 이래야겠냐... 너라도 내 얘기 좀 들어줘"

힘이 축 빠져 힘없이 말하는 예린의 목소리에 이준은 살짝 당황하였지만, 일단 예린의 마음을 안정시켜야 예린의 상태가 괜찮아질 것 같아 예린의 말을 들어주기로 했다.

"밝음이라는 단어는 네 예전 모습에 대한 설명이겠네.

누나 떠나기 전에는 너 되게 밝았었어."

예린은 이준의 말을 이해할 수 없었다.

자신의 언니가 떠나기 전과 현재의 모습에서 바뀐 모습이 없다고 생각했기 때문이다.

"아냐. 바뀐 거 없어"

"너 너희 누나 떠나고 나서 한 번도 웃은 적 없는 거

알아? 웃음이라는 존재가 너한테서 없는 존재가 되어
버린 느낌이야."

"내가 그랬나...."

예린은 이준이 너무 확신에 찬 말투로 말을 하자 이
준의 말에 반박을 할 수 없었다. 사실 언니가 떠나기
전 자신의 모습이 선명하게 기억이 나지 않아서 더욱
반박을 하지 못한 것이다. 이준의 사전에는 분명 기
억력이라는 단어가 설명되어 있으리라 예린은 생각했
다.

"네 사전에는 기억력이라는 단어가 길게 설명되어
있겠네."

"기억력?"

"기억 잘 하잖아. 너."

"그건 네 모습이 너무 생생하게 기억나서 그런 건데.
좀 그리워. 네가 밝았던 모습."

"네가 뭐 내 보호자라도 되는 것 같다? 내 걱정을 너
무 많이하는 거 아냐?"

"보호자인 셈이지."

예린은 자신의 예전 모습까지 생생하게 기억하고 있

는 이준이 왜인지 모르겠지만 의지가 되었다.

그리고 결국, 예린은 이준에게 이끌려 집으로 돌아갔
다.

·

다음날,

예린의 부모는 어제의 일은 아무 일도 아니라는 듯이
예린을 대했다.

"밥 안 차려 조예린!! 엄마 아빠 굶겨 죽일 셈이야?!"
평소와 다름없이 일어나자마자 밥을 요구하는 부모
님, 예린은 그럼 엄마 아빠의 요구가 지긋지긋하여
찬 밥과 김치만 밥상에 올려두고 학교로 향했다.

·

"조용히 해라. 내년에 고3인 애들이 아직도 공부 분
위기를 못잡고 있어. 너희 큰일 났다. 진짜"

선생님의 말에 교실 분위기는 한순간에 적막하고 무거워졌다.

"자 전학생이 왔다. 잘 챙겨주고 왕따 뭐 그런 거 해서 학교 분위기 망치지도 말고, 전학생 들어와"

드르륵 -

문이 열리고 훤칠한 모습의 남학생이 들어왔다.

"전학생은 자기 소개해"

"윤지한입니다. 잘 부탁드립니다."

짧고 굵은 자기소개. 예린은 전학생은 관심 밖의 사람이었다. 곁에 사람을 두는 건 이준으로 충분하기에...그때, 전학생이 자기소개를 하자 교실에 있던 학생들이 웅성거리기 시작했다.

"야 개잖아. 귀신 보고 헛것 들린다는"

"헐 개야? 나 재 강연 왔을 때 인별 땄는데.. 망할.."

"야 조심해 선생님이 자리 고를 때 무조건 눈 피해라"

전학생인 지한이 학생들의 대화를 들었는지 표정이

굳었고 고개를 푹 숙였다.

선생님 역시 대화를 들었지만 말리지는 않고 마른 헛기침만 하셨다. 선생님 역시 지한이 내키지 않았던 것이다.

"지한이... 그래 저기 예린이 보이지? 저 머리 길고 창가 쪽. 걔 옆에 가서 앉아"

선생님의 말에 반 학생들이 모두 예린을 바라보았다. 그리고 예린의 책상 위에 쪽지 한 장이 툭, 떨어졌다. 책상 위에 던져진 쪽지를 본 지한은 표정이 굳어졌지만 애써 모른 척을 하며 예린 옆에 앉았다.

예린은 쪽지를 펴 읽어보았다.

' 조심해 '

반 학생들이 전하는 경고의 쪽지였다.

하지만 예린은 대수롭지 않게 생각하며 쪽지를 무시했다. 전학생이 귀신을 본다고 해서 자신에게 오는 직접적인 피해는 없으니까.

그때 지한이 주저하다 예린에게 말을 걸었다.

"저기 안녕"

"응"

생각보다 냉정한 예린의 반응에 지한은 예린 역시 다른 아이들과 마찬가지로 자신을 피할 것이라고 생각했다. 하지만 쪽지를 무시한 예린의 모습이 떠올라 기회를 놓지 않고 다시 예린에게 말을 걸었다.

"너도 나 피할 거야? 너무 당연한 말인가"

"그게 왜 당연한 거야? 무슨 이유로"

"나 귀신 보니까. 소름 돋잖아. 귀신 보는 애. 눈치로 봐서는 애들도 나 피하기로 작정한 거 같은데."

"귀신 본다는 말이 맞긴 하구나. 근데 그게 뭐가? 결국엔 너도 그냥 사람일 뿐인데."

"그러네 나도 사람이네..."

"사람일 뿐인데 그렇게 눈치를 봐야 해? 잘못한 것도 없으면서"

"사람일 뿐이다.. 맞는 말이네"

지한은 자신을 아무렇지도 않게 대하고 맞는 말을 하

며 대화를 해주는 예린이 고마웠다. 자신을 다른 사람들처럼 자신을 특별한 사람으로 취급하지 않아 주는 사람은 예린이 처음이라서 더더욱 고마웠다. 자신에게도 친구 한 명이 생긴 것 같아서, 웅성거리는 학생들 사이에서 유일하게 자신과 멀어지려 하지 않는 예린이 자신에게 온 하나의 인생사전 속 단어 같았다. '친구'라는 단어가 예린에 의해 자신의 사전에 새겨진 느낌이 들었다. 예린으로부터.

"넌 인생 사전이라는 게 있는 거 알아?"

지한은 예린에게 인생 사전이라는 존재에 대해 알려주고 싶었다. 예진 역시 깜짝 놀랐다. 자신 말고 인생 사전을 알고 있는 사람은 처음이어서 조금은 반가웠다.

"너도 강연 우리 학교 강연 신청 했었어?"

"응. 그땐 애들이 내 이름을 몰랐었으니까 말도 잘 걸어줬었는데... 너도 강연 들었어?"

"응."

지한과 예린은 서로 깜짝 놀랐다. 둘 다 자신 외에 인생 사전의 존재를 알고 있는 사람은 처음 보았기 때문이다.

"그나저나 넌 이름이 뭐야?"

"조예린. 너는?"

"나 아까 소개했는데. 윤지한이라고"

"미안, 아깐 멍 때려서. 근데 전학은 왜 온 거야?"

"귀신 본다는 이유로 학교 전체가 왕따 시키길래. 아까 반 애들처럼 웅성거리고. 선생님까지 날 무시할 줄은 몰랐지. 근데 여긴 괜찮을 거 같아"

"왜?"

"적어도 네가 나를 친구 취급은 해주는 거 같아서"

예린은 지한과 인생 사전이라는 공감대가 생겨서인지 지한에 대해 궁금해졌다.

"넌 사전 속 단어 다 찾았어?"

"응 단어 다 찾고 나니까 인생에 자신감이 조금은 더 생기더라. 단어 찾기 전에 여기 전학 왔으면 자기소개도 못 했을 거야. 사람들 시선이 두려워서"

"넌 부모님이 많이 도와주셨겠지"

"응. 그래서 단어를 더 빨리 찾을 수 있었나봐. 사전도 거짓말은 못 하는지 귀신이라는 단어가 있어 내 사전에"

예린은 지한이 귀신을 볼 수 있어도 지한의 삶이 부
러웠다. 아무리 따돌림을 당해 힘들지라도 자신의 꿈
을 응원해주고 격려해주는 부모님이라는 지지대가 있
으니. 예린의 엄마 아빠도 처음부터 예린을 구박했던
건 아니다. 적어도 예린의 언니가 떠나기 전엔 예린
을 사람 취급은 해줬기에. 적어도 아주 조금은 말이
다.

•

2년 전,

"조예선, 조예린 밥 먹어!"
"우와 이게 뭐야?"
"우리 예선이 좋아하는 갈비지~ 오늘 첫 출근이니까
든든히 먹고 가 큰딸~"
예린은 언니 예선에게만 갈비를 챙겨주는 엄마가
서운했다.

"엄마, 나도 갈비 좋아해요"

예린의 말을 듣자 엄마의 표정은 굳어졌다. 그리고 낮은 목소리로 예린에게 말했다.

"넌 집 오면 먹어. 소고기뭇국에도 소고기 들어가니까. 여기 건더기 먹어. 많이 떴어."

예린은 기분이 안 좋아졌다. 엄마가 편애하는 모습이 너무 티가 나도록 드러나서 당장이라도 화를 내고 싶었다. 그런 예린의 모습을 예선이 알아차렸는지 예선은 예린의 기분을 살피며 말했다.

"기분이다 조예린! 언니 첫 출근이니까 학교까지 태워다줄게! 학생은 시간이 금인 거 알지?"

자신의 기분을 풀어주려는 언니의 의도를 알아챈 예린은 예선이 고마웠다. 그래서인지 엄마에게 서운했던 마음도 금세 사

라졌다. 엄마보다 언니가 자신의 마음을 더 잘 알아주는 거 같아 언니에게 고맙다고 수도 없이 말하고 싶었다. 하지만 수도 없이 고맙다고 하면 엄마가 시끄럽다고 혼내는게 예상이 돼 짧게 고마움을 표시했다.

"고마워 언니"

언니는 예린을 데려다주며 슬쩍 물어봤다.
"공부는 잘 돼가?"
"뭐... 그럭저럭.."
"엄마가 내 첫 출근이라 너무 신났었나 봐. 알잖아.
우리 집 돈 필요한 거"
예린의 집은 가난했다. 그런 상황에서 예선이 취업을
하였기 때문에 예린의 엄마는 가난에서 벗어날 생각
에 더욱 신이 났던 것이다.
"엄마는 나한테 매번 차갑게 대했어. 매번"
예린의 말에 예선은 머쓱한 듯 조용히 예린을 바라보
다 말을꺼냈다.
"그래도 난 예린이 너 응원해. 네가 끈기 하나는 대
단하니까 뭐든 할 수 있을 거야."
예선은 예린을 보며 조용히 미소를 지었다.

쾅 -

그때 거대한 굉음과 함께 큰 덤프트럭에 예린과 예선
이 타고 있던 차가 부딪쳤고, 운전석이 파괴되며 크
고 작은 파편들이 날렸다. 예선은 그대로 머리에 피
를 흘리며 쓰러졌고 그런
예선을 본 예린은 소리도 지를 수 없었다.
너무 놀라서, 너무 큰 충격을 받아 아무 말 없이 눈
물만 쏟았다. 한순간에 너무나 소중한 사람을 잃어서,
앞으로의 삶이 무서워지고 두려웠다.

예린은 자신의 머리에 흰 리본을 달 줄은 몰랐다. 적
어도 이렇게 빨리 달 줄은..
그리고 그 리본이 언니의 장례식에서 차는 리본일 줄
은 더더욱 예상하지 못했다. 너무나 한순간에 일어난
일이라 실감이 나지도 않았다.
"밥 먹었어?"
이준이었다. 장례식 때도 이준은 예린의 곁에 있었다.
굳게 잠겨버린 인생의 문에 제일 먼저 문을 두드려준
사람. 이준이었다.

"조예린!!"

그때 예린의 엄마가 원망이 가득한 눈빛으로 울분을 토하며 예린에게 소리를 질렀다.

"네가 언니 차를 왜 타서!!! 왜.. 왜 언니를 안 지켜! 언니 보호했어야지!"

예린은 엄마를 이해해보려 했다. 이 일이 자신의 탓이 될 줄은 몰랐지만, 엄마도 언니의 한 가족이고 가족을 잃는다는 건 자신의 일부를 잃었다는 거니까, 그때만큼은 엄마를 이해할 수 있었다. 그리고 예린 역시 죽도록 후회했으니까. 왜 쓰러진 언니를 보고 애꿎은 눈물만 흘렸는지 예린의 눈물언니의 목숨을 맞바꾼 것 같아 죄책감이 들었다. 그때 예린의 눈앞에 검은 그림자가 나타났다.

"경찰입니다. 가해 차량 조사 결과 가해 차량의 주인이 과한 음주를 한 상태로 확인되었습니다. 사과드린다고 전해 달라네요"

"그 사람은요"

"저... 무슨 소리신지.."

"우리 언니 죽인 살인자. 내 인생 망친 가해자. 그 사

람이요. 왜 경찰이 사과를 해요. 본인이 무릎 꿇고 빌
어도 안 받아줄 건데. 본인이 빌어야지 직접 우리 언
니한테 가서 언니가 사과 받아줄 때까지"
"진정하세요. 꼭 벌 받을 겁니다"
"벌 받아도 뭐. 우리나라는 왜 사형제도가 없을까요"
말을 하는 예린의 눈에 초점이 없었다.
예선이 세상을 떠난 후, 예린의 부모님이 예린을 대
하는 태도가 더욱 차갑게 변하였다. 가해 차량의 가
해자는 모습을 나타내지 않고 처벌을 받았으며 예린
의 부모가 가진 가해자에 대한 분노가 예린에게로 옮
겨간 것이다.

그렇게 시간이 지난 지 2년, 예린은 부모의 분노에
의해 점점 피폐해졌고 삶의 행복을 잃어갔다.

•

지한은 예린의 얘기를 모두 들었다. 그리고 예린을
빤히 쳐다보았다. 예린이 2년 전 그 일을 이야기하면
서 애써 눈물을 참고 있는 게 보여서, 괜히 한 위로
가 더 큰 아픔으로 다가올 것 같아 가만히 있는 게
예린에게 더 나은 위로를 하는 거라고 판단했다.
"힘들었겠다."
지한이 예린에게 처음 한 위로였다.
"윤지한, 난 네가 부럽다. 넌 우리 언니 보일 텐데,
아 얼굴 모르니까 보여도 모르겠다."
예린의 말과 달리 지한은 예린의 언니를 단번에 알아
보았다. 예린의 옆에서 쓸쓸한 미소를 짓고 있는 젊
은 여자 귀신.
누가 봐도 예린의 언니였다.
"누가 봐도 너희 누나같이 보이는 분이 계시긴 한데"
지한의 말을 들은 예린은 갑자기 눈물이 났다. 언니

가 그리워서일까, 언니가 귀신으로라도 내 옆에 있다는 안도감 때문이었을까. 2년이 지났지만, 언니가 그리운 건 사실이다. 지한은 표정이 어두운 예린이 걱정스러웠다. 이렇게 짧은 시간에 남을 보고 걱정을 하고, 공감을 하는 그런 행동들이 처음인 지한은 어색하기도 했다. 하지만 지금은 예린의 위로가 먼저였다.

"인생 사전에는 번호가 붙어있어. 1, 2, 3, 4. 그게 우리 삶의 순서야. 근데 내가 아무리 단어를 찾아도 2로 안 넘어가. 1-1, 1-2.. 이게 좀 지겨워"

예린은 갑자기 이런 말을 하는 지한을 빤히 쳐다봤다.

"우리 언니 웃고 있어?"

언니에게만 집중하고 있는 예린, 어쩌면 예린은 죽은 언니를 중심으로 삶을 살고있는 게 아닐까.

"웃고 있어."

"다행이다. 언니라도 웃고 있어서"

.

덤프트럭에 치이고 난 후, 예선의 영혼은 쓰러진 자기 자신을 보았다. 그리고 그 옆에서 눈물을 흘리고 있는 예린도 보았다.

"미안해 예린아. 언니가 먼저 가서.."
예선 역시 어린 동생을 혼자 두고 떠나는 게 미안했고 이렇게 자신을 세상에서 내쫓아버린 하늘이 원망스러웠다.

"2022년 12월 15일 목요일, 조예선씨 사망. 사유 교통사고. 본인. 맞으시죠"
옆에서 들리는 낮고 무서운 분위기의 목소리. 예선은 그 목소리를 듣자마자 알았다. 아, 저승사자구나. 저승사자가 정말 존재하구나.
"조예선, 저 맞습니다. 저승사자시죠?"
"보시다시피, 안타깝게도 돌아가셨습니다. 두 가지 중 하나를 선택하셔야 합니다. 지금 바로 세상을 떠나시는 것과 이승을 떠돌다 가는 것. 하지만 이승에서 떠돌다 인간의 생사에 관여를 하게 되면 큰 벌을 받습니다. 어떻게 하시겠습니까"

저승사자의 말에 예선은 예린이 떠올랐다. 조금이라
도 예린을 보고 가고 싶었던 예린은 이승에 떠돌다
가기로 결정한다.

"이승에 있다 가겠습니다."

저승사자는 예선의 선택에 미덥지 않았지만, 흔쾌히
대답했다.

"알겠습니다. 하지만 이승에서 인간에 생사에 관여한
다면 그 인간이 누구라도 혹여 가족이더라도
큰 벌을 받게 될 거니 그것만 알아두세요"

그렇게 예선은 이승에 떠돌게 되었고 자신의 장례식
에서 울고 있는 예린의 모습도 보았다.

어떻게든 예린의 곁에서 예린을 지켜주고 싶었던 예
선은 예린의 곁을 맴돌며 예린의 학교까지 가게 되고
거기서 예린의 이야기를 모두 듣게 된다. 그동안 예
린이 지내오며 느꼈던 감정, 생각, 부모의 구박 등 예
린의 이야기를 듣고 예선은 예린을 두고 떠난
자신이 미워졌다. 그리고 자신의 부모에게서 분노를
느꼈다. 그때 예린의 곁에 있던 지한과 눈이 마주쳤

다. 지한이 자신을 쳐다본다고 판단이 되자 예선은
지한이 귀신을 볼 수 있다는 걸 알아챈다.

"너 내가 보여?"
예선이 지한에게 묻자 지한이 조용히 고개를 끄덕였
다. 그리고 지한이 예린에게 예선의 위치를 알려준
순간 예선 눈에 눈물이 고였다. 예린이 자신 옆에 예
선이 있다는 걸 알게 되어서. 예선은 예린의 삶이 조
금이나마 나아질까. 안도감이 들었다.
학교가 끝난 후 예린은 하늘을 올려다 보았다.
"언니, 여기서 떠돌지 말고 천국 가야지. 왜 여기 있
어."
예선은 예린이 자신의 말을 듣지 않는 걸 알면서도
예린의 말에 대답을 했다.
"너 지켜주고 싶어서."
예린은 깜짝 놀랐다. 어디선가 언니의 목소리가 들려
서. 예린은 떨리는 손을 부여잡고 다시 한번 말해본
다.
"언니 거기선 좀 편해..? 부담감 없이 잘 있는 거

야?"

"네 걱정 좀 해. 너 많이 망가졌어."

확실했다. 예린은 예선의 목소리를 분명히 들었다. 예린은 예선을 찾기위해 주위를 둘러보았다. 그때 예린의 앞에 사람 한 명이 서 있었다. 아니 사람이 아니었다. 그림자가 없었다. 예린은 단번에 귀신임을 알아챘다. 예린은 두려운 마음으로 위를 올려다 보았다. 하지만 얼굴을 본 순간 두려운 마음은 사라지고 반가움과 그동안의 설움이 터져 나왔다. 예린의 앞에는 예선이 예린을 보며 미소를 짓고 있었기 때문이다.

"예린아"

언니 예선의 목소리를 들은 예린은 그동안 힘들었던 마음과 서러움이 터져 나와 눈물을 흘렸다.

"왜 자꾸 울어.. 웃는 일이 많아야지, 나 갔다고 그렇게 있으면 어떡해"

"계속 보고 싶었어. 왜 이제야 나한테 보이는 거야"

사실 예선도 그 부분이 이상하게 느껴졌다. 왜 갑자기 예린의 눈에 자신이 보이고, 자신과 예린이 대화를 할 수 있게 되었는 지. 예선은 예린과 지한이 얘기한 뒤 자신이 보이게 되었으니 지한에 의해서 자신이 보이는 거라고 생각했다.

다음날,

예린은 아침에 일어나자마자 다급히 준비한 뒤 학교로 뛰어갔다. 정말 지한에 의해 예선이 보이는 것인지 확인을 하고 싶어서, 예린은 학교에 가자마자 지한을 찾으려 반을 둘러보았다. 하지만 반 아이들은 예린을 보자마자 눈살을 찌푸리며 모르는 척을 하며 비웃었고, 경멸하는 눈빛을 보내며 수군거렸다.
단지 지한과 대화를 했다는 그 하나의 이유만으로 한순간에 반 아이들에게서 소외가 된 것이다. 하지만 예린은 반 아이들의 시선은 중요하지 않았다. 그저 자신이 예선을 볼 수 있게 된 게 지한과의 대화 때문인지 그 사실을 확인하는 데에만 집중했다. 그때 지한이 교실 문을 열고 예린의 옆자리에 앉았고 예린은 지한이 앉기 무섭게 사실을 확인하려 했다.

"너랑 얘기하면 귀신을 보게 되는 게 맞아?"

"갑자기 무슨 소리야"

지한은 자리에 앉자마자 다짜고짜 질문하는 예린이
당황스러웠다.

"대답해봐. 너랑 얘기해서 내가 우리 언니를 보는 건
지 확인을 하고 싶어서 물어보는 거니까"

너무 간절한 눈빛으로 지한을 바라보는 예린의 모습
에 어딘가 다급하다는 느낌을 받은 지한은 얼떨결에
대답했다.

"사실 확실하진 않아. 그런데 그런 것 같아."

"나, 우리 언니가 귀신이 된 모습을 봤어. 그리고 얘
기도 했어"

"알고 있어. 너희 누나가 나한테 말해줬거든 오늘
아침에 우리 집 앞에서. 잠시 네 눈에 안 보였을 때
가 있었을 거야"

"그래서 어제 본 게 헛것인 줄 알았어. 근데 학교 갈
때 다시 보이더라. 내가 귀신을 본다고 그때 확신했

어."

"나도 이런 경우는 처음이라 어떻게 된 건지 모르겠
어."

지한의 이야기를 듣고 예린은 지한에게 고마운 마음
이 들었다. 지한과 얘기한 덕분에 예선을 볼 수 있게
된 거고 이야기를 할 수 있게 된 거니까.

하지만 한편으로 예선이 아닌 다른 귀신들이 예린의
눈앞에 보이는 게 두려웠다. 다른 귀신들이 예린의
눈앞에 계속 나타나 예린은 최근에 잠도 못 잤다.

예린의 눈에 힘이 없는 걸 본 지한은 단번에 예린이
잠을 못 잤다는 걸 알 수 있었다. 다크서클이 진한
예린의 눈이 마치 판다 같았던 지한이 살짝 미소를
지으며 말했다.

"잠 못 잤구나. 다크서클이 판다 같아"

예린은 지한을 째려보며 말했다.

"귀신들이 너무 뚫어져라 보잖아... 안 무서워야 잠을
자든 하는데 막 너무 그렇게 보니까..."

"억울한 일들이 있어서 이승에 떠도는 귀신들이야.
대체로 이승에 있는 귀신들은 다 하나씩 억울한 일들

이 있어."

예린은 지한의 말을 듣고 예선을 떠올랐다. 예선 역
시 이승에 떠도는 귀신이었기에 억울한 일이 있어 이
승에 떠도는 건 아닐지 걱정이 되었다. 그런 예린의
마음을 알아챈 지한이 덧붙여 이야기 했다.

"너희 누나는 아니야. 널 더 보고 떠나기 위해서 이
승에 남은 거야. 저승사자가 두 가지 선택을 주거든.
이승을 떠나는 것과 이승에 머무는 것"

지한의 말을 들은 예린은 안심이 되었다. 예선이 억
울한 일이 없길 바랐기 때문에.

•

귀신이라는 존재,

예린은 귀신이 보인 후로 일상이 크게 바뀌었다. 친
구를 많이 잃었고 소외를 당했으며 여전히 부모님에
게 구박을 당했지만 곁에는 언니인 예선이 있고 옆에

서 예린을 도와주는 이준과 지한이 있어 삶이 전처럼 불행하지만은 않았다.

"조예린!"

이준이었다. 학교가 다른 반이라 요즘 잘 만나지도 못하였다. 이준을 본 예린 역시 반가운 마음을 감출 수 없었다.

"오랜만이다. 정이준"

"그러게. 뭐하고 돌아다니길래 안 보여"

"다사다난했지 좀..."

"조예린!"

또다시 예린을 부르는 목소리가 들렸고 예린은 뒤를 돌아보았다. 지한이었다.

"누구야 쟤는?"

이준이 지한을 바라보며 예린에게 물었고 지한 역시 같은 생각인지 예린을 바라보았다.

"둘 다 친구. 이름은 서로 물어봐도 되지? 나 먼저 학교 간다."

그렇게 예린은 그 둘을 뒤로하고 학교로 향했고 지한은 예린의 뒷모습을 바라보다가 이준에게 물었다.

"이름이 뭐야?"

"정이준. 너는?"

"윤지한"

"예린이랑 친해?"

"그냥... 넌?"

"소꿉친구"

둘 사이에 어색한 기류가 흘렀다. 참다못한 이준이
말을 꺼냈다.

"친하게 지내자. 둘 다 예린이랑 친구인데"

"그래 학교나 가자"

그렇게 둘은 같이 학교를 가던 도중 지한이 이준에게
물었다.

"예린이 귀신 보는 거 알아?"

"뭐?"

한 번도 듣지 못한 소리에 이준은 놀란 심정을 감출
수 없었다. 예린이 한 번도 그런 말을 해준 적이 없
었고 자신이 아닌 친해지지도 얼마 되지 않은 지한이
알고 있다는 게 예린에게 서운한 마음도 들었다.

"나 전학 온 날 소문이 좀 났었어. 내가 귀신을 본다고 그런데 예린이 그 소문 무시하고 나랑 이야기 한 거야. 나랑 얘기해서인지 예린이도 귀신을 보더라."
"나도 이제 귀신 보는 거야?"
"나도 모르겠어. 예린이가 특별한 건지, 아니면 너도 그럴지는"
그렇게 대화를 하다 보니 어느덧 지한와 이준 역시 친해져 있었고 그 이후 예린과 지한, 이준은 항상 붙어 다니며 서로의 버팀목이 돼주었다. 그런 예린은 부모에게 받는 스트레스를 이준과 지한 덕분에 이겨낼 수 있었고 이렇게 점차 예린의 삶이 행복해지는 것을 본 예선은 이승을 떠나기로 한다.

예선이 이승을 떠나기로 결심한 어느 날,
평소처럼 예린이 친구들과 등교를 하기 위해 약속 장소로 가고 있었다. 예선은 예린이 혼자 있을 때 예린과의 작별을 하기 위해 예린에게 다가가는데 예선의 결심을 세상이 반대하는 듯 예린은 횡단보도를 건너는 도중 신호위반을 한 차량에 의해 교통사고를 당할 뻔하고 자신의 죽음이 생각난 예선은 자신이 큰 벌을

받을 것을 알면서도 예린의 생사에 관여를 하게 된
다. 그 덕에 예린은 목숨을 건졌지만 예선은 저승사
자와의 약속을 어겨 큰 벌을 받아야 하게 되고 황급
히 예린과 작별을 하기로 한다.

"예린아 괜찮아?"

"아 언니.. 언니를 잊고 있었네. 계속 옆에 있었을 텐
데, 언니가 나 살려준 거야? 방금 나 언니 덕분에
산 거야?"

"너 큰일 날 뻔 했어 조예린.. 그리고 이제 나 잊어도
돼. 너 곧 성인이잖아. 나도 이제 떠나야지. 언제까지
네 곁에 있을 수는 없어"

"무슨 소리야 그게..?"

갑작스럽게 떠난다는 예선의 말에 예린은 불안해지기
시작했다.

"언니 이제 떠날 거야. 이준이도 있고 지한이도 있으
니까 언니 이제 가도 괜찮지?"

말하면서 떨리는 예선의 목소리에 예린도 덩달아 목
소리가 떨린다.

"진짜 가는 거야..?"

"원래 이렇게 오래 있을 생각은 없었으니까 가야지. 언니 웃으면서 보내줄 수 있지? 귀신이랑 오래 있어도 안 좋아 예린아. 언니 떠나고 나면 이제 다른 귀신들도 안 보일거야"

예린은 예선을 붙잡고 싶었지만, 예선을 생각하여 보내주기로 했다. 울고 싶은 마음이 크지만, 예선의 말대로 웃으며 보내주고 싶었기에 울컥하는 마음을 짓누르고 떨리는 목소리로 애써 웃으며 말했다.

"이렇게라도 언니랑 있어서 좋았어. 꼭 천국 가야 해 언니."

예선 역시 애써 웃으며 작별을 했다.

"언니도 인생 사전 아는데, 내가 봤을 때 예린이는 인생 사전 단어 다 모았다. 이제 방송 작가 될 수 있겠다. 우리 예린이"

예린과 예선의 눈에서 눈물 방울이 떨어졌다.

"가서 편히 쉬어 언니"

"웃으면서 지내 예린아"

예선은 이 말을 끝으로 예린의 눈에서 사라졌다.

예린은 그 자리에서 숨이 차도록 울었고 결국 학교를

가지 못했다.

이제 다시는 언니를 보지 못할 거란 생각에 하늘이 무너지는 듯해서 당장이라도 언니 곁으로 가고 싶었다.

•

1년이란 시간이 흘러 예린은 성인이 되었고 어느덧 꿈에 이르던 방송 작가가 될 뿐만 아니라 예린이 쓴 영화의 작품이 유명해져 예린까지 유명해졌다.

"이준아 오늘 인터뷰 몇 시라고?"

예린은 매니저로 이준을 고용하였고 옆에서 지한이 스케줄을 체크해주었다.

"조예린씨 스케줄은 저한테 물어보시라고요"

지한이 옆에서 말했다.

"아 맞다.. 지한씨 스케줄이요~"

"대기 끝이야 바로 들어가면 돼"

지한이 스케줄을 말해주자 예린은 대기실 문을 나서며 말했다.

"갔다 온다 얘들아"

예린이 인터뷰장으로 걸어갈 때 이준과 지한이 소리
쳤다.

"떨지 마 조예린!"

"잘 하고 와"

예린은 소리치는 이준과 지한을 향해 미소를 짓고는
인터뷰장으로 향했다.

·

인터뷰의 마지막 질문이 남았을 때 기자가 질문을 하
였다.

"벌써 마지막 질문인데요, 조예린 작가님이 작가가
            될
때 슬럼프를 어떻게 극복하셨나요?"

기자의 질문을 듣고 예린은 싱긋 웃으며 질문했다.

"다들 인생 사전이라고 아시나요?"

"인생 사전이요?"

"제가 고등학생 때 강연을 들었었는데 그때 알게 된
게 인생 사전이에요. 인생 사전은 사람이 태어날 때
가지고 태어나는데 인생 사전에 담긴 자신에 대한 단
어들을 모두 알게 되면 삶이 조금은 더 행복해지거나
하고 싶은 일들이 수월해져요. 제가 이렇게 방송 작
가가 된 것도 인생 사전의 단어들을 모두 다 알았기
때문이라고 생각합니다"

기자는 예린의 말을 듣고 처음 들었다는 표정을 지으
며 대답했다.

"흥미롭네요. 인생 사전이라... 늦었지만 저도 한 번
단어를 찾아봐야겠어요. 마지막으로 인터뷰를 시청하
시는 시청자분들께 드리고 싶은 말이 있으신가요?"

"인생 사전의 존재를 이제야 아신 분들은 앞으로의
자신의 삶을 위해서라도 단어를 찾아보세요. 인생 사
전은 여러분 삶의 흔적이고 여러분이 한 노력에 대한
증거이며 행복한 삶으로 갈 수 있는 하나의 길입니
다"

예린은 말을 한 뒤 싱긋 웃었다.

제**4**화 꿈이 없는 여자

"꿈이 뭐예요?"

나는 물어봤다. 김보예라는 여자에게.

"음... 저는 아직 꿈이 없어요. 좀 이상하죠? 이제 스
물인데 꿈 하나 없고... 도하 씨는 직업 있다고 들었
는데.."

우리는 첫 만남이다. 서로의 부모에게 떠밀려 만나게
된 사이.

어색한 기류가 흘렀고 그 기류를 없애기 위해 우리는 진심 없는 말만 주고받는 중이다. 보예씨와 만난 지 불과 10분, 서로에 대해 잘 알지 못하는 남녀가 서로를 알기 위해 아등바등하는 듯 보인다.

"그.. 직업이 뭐예요"

그녀가 물었다.

"작가예요. 소재를 잘 생각해내지 못 하는"

"그런 작가도 있어요?"

"일단 글을 쓰고 책을 내서 수익을 내니까요. 수익을 잘 생각해내지 못할 뿐 소재 생각하면 글은 잘 써져요."

"대단하시네요... 전 취미도 없고 꿈도 없어서..."

나를 존경하는 듯한 눈빛을 보내는 그녀의 모습이 은근 귀여워 웃음이 났다.

"그럼 지금은 하고 있는 게 뭐예요?"

"음... 요즘은 대학교 과제..?"

"아 스무 살이라고 했죠?"

"네. 이제야 물어보지만, 도하씨는 혹시 몇 살.."

그녀는 나에게 조심스레 물어봤다, 나이 차도 별로
안 나는데 왜 나도 나이를 말하는 게 조심스러울까.

"스물 둘 이에요."

"아 저보다 두 살 많으시네요. 요즘도 책 쓰세요?"

"차기작 준비 중이긴 한데 요즘 소재가 잘 안 떠오르
네요"

창피했다. 작가라고 해놓고는 소재 하나 떠올리지 못
하고 갈팡질팡하고 있는 내 모습이 얼마나 우스울까.
하지만 그녀는 내 말을 듣고 오히려 눈을 반짝이며
신나 하는 얼굴이었다.

"저 소재 많아요! 들어보실래요?"

그녀는 소재에 관한 이야기가 나오자 들뜬 목소리 나
에게 물어봤다. 하지만 내가 대답을 하기 전에 이어
서 말을 하기 시작했다.

"어떤 아이에게 하나의 인형이 생겨요. 그 인형은 어
떤 물건이든 삼킬 수 있고 삼킨 물건은 작은 인형이
돼서 나오죠. 그게 누구든 사람이든 물건이든 그 물
건에 들어갔다 나오면 모두 인형이 되는 거예요. 그
인형은 사용 횟수가 많아지면 점점 커져요. 그럴수록

아이의 욕심도 커져 가죠. 어느 날 아이가 친구랑 싸웠어요. 결국, 아이는 친구를 속여 커진 인형 속으로 친구를 넣기로 하죠. 순간의 선택이었어요."

그녀의 이야기는 흥미로웠다. 일반인이 썼다 하면 믿을 수 없을 정도로, 작가인 나보다도 훨씬 작가 같은 면모를 그녀가 보여주었다. 그녀는 자신의 소재를 말하는 데 신이 난 듯 또다시 이야기하기 시작했다.

"이 이야기 제목은 부모인데요. 아이의 시점에서 쓴 글이에요. 처음 장소는 유치원이고..."

이야기를 하는 그녀의 얼굴엔 웃음꽃이 피어있었다. 마치 첫눈이 와 신나 하는 아이의 웃음처럼 순수하고 맑은 웃음이었다.

그녀는 계속해서 소재를 이야기했다. 그녀의 이야기는 집중을 하려 노력하지 않아도 계속 듣게 되는 그런 소재들이었다. 오히려 그녀의 이야기를 자세히 듣고 싶어 앞쪽으로 몸을 기울여 이야기를 들었다.

"꿈이 작가예요?"

"에이 무슨 작가예요... 그냥 일반인이 끄적거린 상상의 나래들이죠 뭐.. 시간 날 때나 심심할 때 계속 쓰다보니까 몇 백 개는 쓴 것 같아요"

나는 그녀의 말을 듣고 내 인생에 대한 현타가 왔다. 작가인 나보다 소재를 잘 생각해내고 신선한 소재를 쓰는 그녀가 부러웠다. 왠지 그녀와 함께 있는 시간이 많아진다면 내가 발전할 수 있을 것 같았다. 그녀의 메모장이 궁금해진 나는 그녀에게 물어봤다.

"혹시 메모장 나한테 보여줄 수 있어요?"

그녀는 흔쾌히 말하였다.

"작가에게 제 글을 보여준다는 게 영광인 걸요. 여기요"

그녀는 나에게 휴대폰을 넘겨주었다.

그녀의 메모장은 수많은 글들로 빼곡하게 채워져 있었고, 마치 작가가 쓴 듯한 흥미로운 제목들이 그녀의 메모장을 가득히 채우고 있었다.

"어쩌면 보예 씨도 꿈이 작가가 아니었을까요?"

그녀는 나의 말을 듣고 고개를 갸우뚱거렸다.

"글 쓰는 걸 좋아하긴 하지만 제가 작가를 못 하지 않을까요?"

나는 그녀가 왜 그렇게 생각하는지 궁금했다. 충분히 독자들의 흥미를 끌 수 있을 만한 제목들과 제목과 어울리는 이야기들까지 그녀가 작가가 된다면 나보다도 잘 나갈 수 있을 것 같았다.

"대부분 작가들은 글을 좋아해서 작가가 되죠. 그중 저도 포함이고요."

"아... 그럼 저도 작가가 될 수 있을까요?"

"혹시 지금 대학교 학과가 뭔지 알 수 있을까요?"

나는 그녀를 적극적으로 도와주고 싶었다. 작가가 된다면 너무도 잘할 것 같은 확신이 들었기에..

"저 문예창작학과 재학 중이에요"

작가가 될 인재가 틀림없었다.

"작가 하기 좋은 학과네요. 그럼 저랑 같이 글 써볼까요?"

그렇게 우리의 인연은 시작되었다.

·

"보예 씨 여기에요!"

멀리서 뛰어오는 그녀를 보고 난 손을 흔들었다.

"나 많이 늦었어요?"

"별로 안 늦었어요. 근데 정말 작가 하고 싶어요? 내가 강요하는 거 아니고?"

"사실 작가가 꿈이었어요. 그래서 문예창작학과 지원한 거고요"

나는 안심했다. 혹시나 내가 너무 강요한 건 아닐지 걱정이 되었기 때문이다.

"보예 씨 글 실력이라면 충분히 유명해질 수 있어요. 쓴 소재들 들어니까 소설을 쓰고 싶은 것 같던데 맞아요?"

"어떻게 바로 맞추시네요"

나의 말을 듣고 깜짝 놀란 그녀의 표정을 보고 나는 웃음을 지었다.

"메모장에서 고른 소재 있어요?"

"있긴 한데... 제가 도하 씨한테 소재 하나 드려도 될까요..?"

그녀의 말에 나는 의문점이 생겼다. 그녀가 오랫동안 생각하고 고생하여 쓴 소재일 텐데 왜 나한테 그 소재를 주려고 하는 걸까. 그녀의 고생을 생각하면 나는 소재를 받을 수 없었다.

"괜찮아요. 내가 소재 생각해 볼게요. 소재 생각하는 건 금방이면 돼요. 보예 씨가 열심히 쓴 소재 내가 함부로 바꾸고 싶지는 않아요"

그녀는 조심스레 말했다.

"사실 도하 씨 만나기 전에 도하 씨가 쓴 책 한 권 읽고 왔어요. 글은 이렇게 쓰는 거구나 하고 느낀 것도, 제가 이 소재들을 쓸 수 있었던 것도 다 도하 씨 글들 덕분이에요. 그니까 도하 씨의 글이 제가 쓴 그 소재들을 만든 거나 같아요. 그러니 제 소재를 새롭게 탄생시켜주세요. 제 부탁이에요"

그녀의 간절함이 묻어져 나오는 말에 나는 하는 수 없이 그녀의 부탁을 수락했다.

"알겠어요. 그럼 같이 소재 골라봐요"

우리는 매일매일 만나 서로의 글을 봐주며 글을 완성해 나갔다. 그렇게 계속해서 같이 글을 쓰던 어느 날, 사람이라면 당연히 올 수 있는 번아웃이 그녀에게 찾아왔다. 그녀는 금방이라도 글쓰기를 포기할 것 같은 얼굴로 나를 빤히 쳐다보았다.

"힘들어요?"

나는 걱정되는 마음에 그녀에게 물었다. 괜히 그녀에게 글을 같이 쓰자고 한 걸까 후회도 되었다. 그녀는 애써 괜찮은 듯 대답했다.

"힘들지만 완성작을 보면 힘들었던 것들은 다 잊을 수 있을 것 같아요."

나는 그녀에게 조금이라도 힘을 주고 싶었다.

"보예 씨는 글 쓰는 걸 좋아하는 것 같지만 글을 쓸 때 행복해 보이지가 않네요. 처음 봤던 보예 씨의 미소가 점차 안 보여요"

그녀는 쓸쓸한 미소를 지었다.

"근데 전 보예 씨가 왜 그런지 알 것도 같아요."

반복하는 삶이 지긋지긋하고 글에 대한 부담감이 크죠?"

그녀는 자신의 마음을 들키기라도 한 듯 깜짝 놀랐다.

나는 그녀의 마음을 달래주고 싶었다.

"매일매일 이야기 구상을 하는 것도 힘들고 글 쓰는

게 언제 끝날지도 모르겠고, 근데 보예 씨 지금도 잘
버텨줬어요. 보예 씨는 모르겠지만 지금 보예 씨가
하고자 했던 것들 모두 잘 해내고 있어요"
보예 씨의 얼굴에 서서히 웃음이 돌아왔다.
"그렇게 말해주니 힘이 나는 것도 같네요"
"보예 씨, 앞으로도 이런 일들이 많을 거예요.
더 큰 부담이 올 수 있고 더 힘들 수도 있어요. 그게
아주 작은 일일 수도 있고요. 지금 보예 씨가 하는
글을 쓰는 일은 보예 씨가 붙잡을수록 보예 씨의 성
장을 도와줄 거예요. 계속 노력해준 보예 씨가 난 정
말 고마워요."
나의 진심 어린 말이 그녀에게 닿은 걸까. 그녀는 다
시 펜을 잡아 들었다.

"포기는 배추 셀 때나 하는 말이라죠. 나랑 같이 글
써 줄래요?"
그녀가 나에게 물었다. 그녀의 물음을 난 거절할 이
유가 없었다. 오히려 나에게 물어봐 준 그녀가 고마
워 괜스레 웃음이 났다.

"그러려고 했어요."

그렇게 우리는 우리에게 닥친 첫 번째 위기를 잘 헤쳐나갔다.

●

세 달 후,

우리가 만난 지 많은 시간이 흘렀고 우리는 원고를 완성했다.

"내가 할 수 있을지 몰랐어요"

그녀는 완성된 원고를 보며 기뻐했다.

"이제 출판사에 원고 제출, 해볼까요?"

그 뒤로 또다시 많은 시간이 흘렀고 나와 그녀는 각자의 책을 들고 있었다. 각자의 노력, 시간, 감정들이 새겨져 있는 그 책을 들고 우리는 서로 웃었다.

"도하 씨 덕분에 이런 경험도 하네요. 단지 글을 좋아한다는 이유로 시작했던 건데 이렇게 책도 써보고... 제 글을 사람들이 읽는다는 게 조금은 부끄럽지만요"

그녀는 수줍은 미소를 지었다. 보예 씨의 책이 출간된 지는 한 달째, 시간이 꽤나 흘렀다. 보예 씨의 책은 내 책보다도 더 많이 팔렸고 다양한 연령층에서 인기가 많았다. 기분이 좋기만 하면 그건 거짓이겠지. 보예 씨의 책이 흥행을 하는 건 분명 축하할 일이었고 나 역시 기분이 좋았다. 하지만 잘 팔리는 보예 씨의 책과 달리 조금은 뒤처지는 내 책이 아주 조금은 한심해 보인 것도 사실이다. 난 경력이 있는 작가니까.

"내가 도하 씨를 만나서 삶이 조금 더 행복해졌네요. 나 도하씨 책 읽었는데, 역시 작가인 이유는 다 있는 거더라고요."

"보예씨도 글 잘 썼어요. 그러니까 책이 그렇게 잘 팔리죠."

보예씨는 고개를 갸우뚱거렸다.

"내 책은 첫 출간이라 잘 나온 것 같던데요... 지금 도하 씨 책이 이달의 추천 책 1위인 거 모르고 있었어요?"

설마, 나는 보예씨의 말을 듣자마자 휴대폰을 켜고 서점 홈페이지에 들어가 보았다.

홈페이지 상단 이달의 추천 책 순위 맨 위에 내 이름이 분명히 쓰여 있었다. 나는 순위들을 따라 쭉 눈을 옮겼다.

6위 김보예 - 꿈이 없는 여자

분명 보예 씨의 이름이었다. 우리는 나란히 이달의 추천 책 순위에 오른 것이다. 그녀는 모르는 것일까? 아무것도 모르는 순수한 얼굴로 보예 씨는 날 빤히 쳐다보고 있었다. 그때 보예 씨가 입을 열었다.

"맞죠? 이달의 추천 책 1위, 축하해요. 정말! 1위 작가가 내 눈앞에 있다는 게 진짜 신기해요!"

보예 씨는 모르는 것 같았다.

"보예 씨도 순위에 올랐는데요?"

내가 말을 하자 보예 씨의 눈이 동그랗게 커졌다. 전혀 예상하지 못했다는 표정이었다. 그런 보예씨의 표

정은 사람들이 흔히 말하는 장화신은 고양이에 나오
는 고양이의 맑은 눈이었다.
나는 보예 씨의 그런 맑은 눈을 보고 웃음을 참을 수
가 없었다.

"풉"

"아..아니 진짜예요? 거짓말 아니고 진짜? 나 못 믿
겠는데요. 나 놀리는 거 아니에요?"
믿지 못하는 그녀에게 나는 휴대폰을 눈앞에 보여주
었다.
"여기 이달의 추천 책 6위 김보예, 꿈이 없는 여자
이거 보예씨가 쓴 책 맞잖아요. "
보예 씨는 내가 내민 휴대폰에 금세 빨려갈 듯 눈을
굴리며 자신의 이름을 찾았다. 자신의 이름을 찾은
보예 씨는 세상을 다 가진 듯 방방 뛰며 좋아했다.
"저 첫 출간인데 순위에 오른 거예요?"
기뻐하는 그녀의 모습에 덩달아 나도 기분이 좋아졌
다.

"축하해요. 나보다도 더 유명해지는 거 아니에요?"

"에이... 과찬이에요"

이대로 보예 씨의 책이 흥행한다면 보예 씨의 글이
계속해서 인기를 끌 것 같았다,

"보예씨 차기작 낼 생각 있어요?"

보예씨는 내 말을 듣고 생각에 빠진 듯 하였다.
책을 만들기까지 얼마나 많은 난관이 있었는지 알기
에 고민을 하는 것이었다.

"책을 만드는 건 좋은 경험이었어요. 더군다나 이렇
게 순위에도 올랐다는 게 너무 기뻤고요. 제가 글을
좋아하는 건 맞지만 제가 이렇게 계속할 수 있을까
요?"

"보예씨는 충분히 작가로 유명해질 수 있는 재능을
가지고 있어요. 모든 일이 다 힘들고 난관이 있을 거
라는 거 보예씨도 알고 있을 거예요. 하지만 우리 처
음 만났을 때 보예씨가 꿈이 없다고 했던 건 한 걸음
한 걸음 앞으로 나아갈 때 방향을 잘 잡지 못해서였
던 거 같아요. 보예씨는 꿈이 없는 여자

가 아니에요. 방향도 이제 잘 잡으니 꿈을 찾은 성공
한 여자죠"
보예씨는 내 말을 듣고 결심한 듯 고개를 끄덕였다.
"도훈씨 나 차기작 내고 싶어요. 이번에도 나랑 같이
글 써줄 수 있어요?"
보예 씨의 결정은 날 웃음 짓게 만들었다.
"우리 이번엔 나란히 순위에 오를까요? 1위, 2위 우리
가 한 번 올라봅시다. "

나도 웃으며 보예 씨에게 말했다. 그렇게 우리는 또
다시 처음 책을 쓰는 순간으로 돌아가자 마음을 먹고
차기작을 준비해 나갔다. 각자의 방식으로, 이젠 누군
가의 시선을 신경 쓰지 않고 오직 나만의 이야기를
나만의 생각을 글에 옮겼다. 우리는 서로 옆에 있으
며 글을 쓰는 그것만으로도 큰 힘을 받았고 전처럼
번아웃이 오는 일도 없었다.
오직 본인만의 작품의 몰두하며 글을 썼으며
전처럼 위기를 맞이하지 않았다. 굳이 위기가 닥친
상황을 말하자면 내가 다시 소재를 생각하지 못했던

거랄까. 보예 씨는 그런 나에게 다시 한번 소재에 대한 떡밥을 던져주었다.

"난 이번에 내가 작가가 되기까지의 과정을 소설로 써보려 해요. 도하씨는 우리의 만남을 소설로 써주실래요? 도하 씨의 팬으로서의 요청이에요."

나에게 몰래 소재에 대한 힌트를 던져줬다고 보예 씨는 생각했을거다. 하지만 보예 씨의 말에 나는 글을 쓸 수 있었다. 마치 대놓고 소재를 던져줬다고 해도 믿을 수 있을 정도로 보예 씨가 나에게 말해준 소재가 큰 떡밥이 되었다. 보예 씨가 없었을 때 난 어떻게 소재를 생각해냈을지 의문이 들 정도로 보예 씨의 도움을 많이 받았다.

한 달, 두 달, 세 달
사계절이 모두 지나가고 봄에 시작했던 우리의 글쓰기는 다음 해 봄이 다시 돌아왔을 때 완성이 되었다. 그사이 우리는 많이 변해있었다. 서로를 대하는 말투, 옷차림, 태도들이 전보다는 훨씬 편해져 있는 우리를 보고 나는 실감했다.

나에게 꼭 필요한 오아시스 같은 존재를 만난 거구나. 내 인생에 없어선 안 될 사람을 내가 드디어 찾아낸 거구나.

우리는 언제부턴가 자연스럽게 말을 놓았고 서로를 부르는 호칭도 편해져 있었다. 원고가 완성되던 날 우리는 처음 책을 만든 그때처럼 출판사에 원고를 제출했다.

"오빠, 이번에도 순위 오를 수 있을까 우리?"

보예가 나에게 걱정되는 듯 슬쩍 물었다.

"첫 작이 잘 됐으면 두 번째도 잘 될 거야. 너무 긴장하지 말고 이제 편히 쉬자"

우리는 원고를 쓰느라 쌓지 못했던 많은 추억을 쌓으며 책이 출간되기를 기다렸고 서로를 응원했으며 어어떨 땐 초조해하는 서로를 보고는 웃기도 하였다.

다시 우리 책이 출간되고 한 달 뒤,
순위가 나오는 날이다. 우리는 말을 졸이며 홈페이지에 들어갔다.

1위 진도하 – 당신과 나의 운명
2위 김보예 – 만남과 발전

틀림없이 우리의 이름이 순위에 올라있었다.
처음 순위에 올랐던 그 날처럼 그녀는 방방 뛰었고
그런 보예를 보며 나도 웃었다. 행복했다. 누군가와
글을 쓰고 나란히 순위에 올랐다는 것, 그리고 그 순
위에 같이 오른 사람이 내 인생에서 있어 가장 소중
한 사람이라는 것. 그 자체자 행복이었다. 앞으로도
보예와 계속해서 함께하고 싶었다.
보예는 핸드폰을 뚫어져라 쳐다보며 나에게 말했다.
"오빠 나는 꿈이 없는 여자가 아니었어.
꿈을 찾아줄 수 있는 사람을 못 찾고 있었던 거였어.
오빠가 내 꿈을 찾아줬어."
보예는 말을 마친 뒤 나를 보며 미소를 지었다.
나 역시 그녀를 보며 미소를 지었다.

그녀는 내 인생이라는 방에 들어온 유일한 룸메이트
였다.

작가의 말

안녕하세요. 이번 '인생이라는 방, 너라는 룸메이트' 를 출판하게 된 김현비라고 합니다. 저는 이번 책이 첫 작입니다. 때문에 오타가 많을 수도 있고 문맥상 맞지 않는 부분이 있을 수도 있으며 이야기가 지나치 게 급히 전개될 수 있습니다. 이런 점을 보완하기 위 해 저는 앞으로도 많은 책을 출간할 예정이고 점점 발전해가는 모습을 보여드리고 싶습니다. 첫 작인 만 큼 이야기를 길게 이어나가기 버거워 짧은 이야기 4 개를 붙여 글을 썼고, 이번 출간되는 책 이후부터 긴 글을 쓸 예정입니다.

저는 무언가로 인해 성과를 얻어내는 것을 좋아하는 평범한 학생입니다. 독서를 좋아하는 편은 아니지만 특이하게도 글을 쓰는 것을 좋아하죠. 저의 목표가 제 이름으로 책을 출판하는 것이었습니다. 그러다 책을 출판할 수 있는 출판사를 알게 되었고 많은 분들의 응원에 힘입어 이렇게 책을 출판할 수 있게 되었습니다. 저는 08년생으로 2022년 기준 15살입니다. 다른 전문 작가분들과는 달리 평범한 학생으로 단지 저의 생각이나 쓰고 싶은 글들을 소설로 만든 것이기에 많이 부족합니다. 이 책을 구매해주신 독자 여러분과 응원을 주신 모든분들께 감사를 표하며 책을 구매하신 것이 후회되지 않았기를 바랍니다.